GOTTES TOTE KATZE

BEN VOID

GOTTES TOTE KATZE

und die Last der Existenz

- NIHILISTISCHE GESCHICHTEN -

Pandmonium Verlag

1. Auflage Februar 2016

Copyright © 2016 Pandämonium-Verlag und Ben Void

Illustrationen und Umschlaggestaltung: Andreas Lehmeyer
Layout: Gerd Frey
Druck und Vertrieb: Books on Demand GmbH, Norderstedt
Made in Germany
ISBN: 978-3-944893-09-9
Alle Rechte vorbehalten.

Inhaltsverzeichnis

Einleitung:
Nutzloses Wissen über Ihr Universum.............................7

Lager..17

Das viereckige Haus am Rande der Straße:

Von Herrn Klein...21

Vom Arschloch...38

Vom Ästheten..57

Intermission:
VOODOO...92

Der Traumwanderer..100

Der Futurist..109

Versammlung der Schweigenden................................114

Gottes tote Katze..117

Nachwort:
Brüllsaufen im Tal der Könige..................................154

Bonus:

Die schwarze Pyramide..159

Der Atem des Drachen...172

„Hast du das Nichts gesehen, Söhnchen?"

„Ja, viele Male."

„Wie sieht es aus?"

„Als ob man blind ist."

„Nun gut -, und wenn ihr da hineingeraten seid, dann haftet es euch an, das Nichts. Ihr seid wie eine ansteckende Krankheit, durch die die Menschen blind werden, so daß sie Schein und Wirklichkeit nicht mehr unterscheiden können. Weißt du, wie man euch dort nennt?"

„Nein", flüsterte Atréju.

„Lügen!" bellte Gmork.

Aus *Die Unendliche Geschichte* von Michael Ende

Einleitung:
Nutzloses Wissen über Ihr Universum

Liebes – *was immer Sie sein mögen* – mit diesem Buch in der Hand,

da Sie den ersten Schritt in meinen ganz persönlichen Irrsinn mit dem Kauf dieses Hanebuchs und der damit einhergehenden, minimalen Bereicherung meiner Person nun abgeschlossen haben, fühle ich mich Ihnen gegenüber genötigt, Hinweise darauf zu geben, was Sie in Kürze erwarten soll und möchte Sie mit einigen Sitten und Gepflogenheiten in der abseitigen, Ihnen aufgrund Ihrer statistisch anzunehmenden Dummheit und mangelnden Vorstellungskraft nicht zugänglichen Welt, vertraut machen. Ich tue das nicht etwa aus Nächstenliebe, sondern aus einer der Langeweile entspringenden, boshaften Form von Spaß, die mich oft, wenn sie auf die Spitze getrieben wird, wie einen jungen Hengst wiehern lässt. Wie alle Säugetiere sehe auch ich mich seit jeher mit der Tatsache gestraft, etwas mit meiner Zeit anfangen zu müssen und entschied mich der Einfachheit und meiner enormen Klugheit wegen dafür, den weniger oder neudeutsch gesagt anders begabten Entitäten mein Wissen in Form von Predigten und Gemecker zukommen zu lassen. Die folgenden Hinweise sind in erster Linie deswegen essenziell, da sie ansonsten, alleingelassen in meinen privaten Hirnwindungen, wie ein tapsiger Säugling gegen irgendwelche Wände laufen könnten und ich auf Kopfschmerzen gut verzichten kann.

Das gegenwärtige Universum ist in drei große Lager von Betrachtungsweisen aufgeteilt:
Da hätten wir 29 % Objektivisten, 28 % Intersubjektivisten und 42 % unwissender, zumeist primitiver Kulturen, die keine Ahnung haben, dass sie nur experimentelles Material für die Erstgenannten darstellen, aber sich zumeist trotzdem für etwas ganz Besonderes halten.
Das restliche Prozent gilt im Allgemeinen als zu vernachlässigen und

wird allgemein von den anderen der Kategorie „Sonstige" zugeordnet, wo es sich im Regelfall auch ganz gut aufgehoben fühlt.

Die ersten beiden Lager unterscheiden sich lediglich hinsichtlich ihrer wissenschaftlichen Vorstellungen vom Dasein und wie damit zu verfahren sei. Es herrscht zwischen beiden eine rege Fluktuation. Leute aus dem einen Lager wechseln gerne ins andere und manchmal auch wieder zurück. Nicht selten spielen dabei kritische Lebenssituationen wie Pubertät, Midlife Crisis, Burn-Out oder Selbsterkenntnis eine zentrale Rolle.
Prinzipiell besteht kaum ein Unterschied zwischen beiden Hauptlagern. Man macht sich gern gegenseitig zum Feindbild, weil ein Feindbild auf die eigene Arbeit ungeheuer motivierend wirken kann und dem Tag eine leistungsorientierte Struktur verschafft. Dadurch, dass beide Perspektiven sich für die einzig richtige halten, kommt ein allgemein gut florierender Wettbewerb zustande.

Trotz der Gegenwart einer großen Sinnlosigkeit im Universum, *das Nichts* genannt, herrscht straffe Hierarchie zwischen der herrschenden Wissenschaftsklasse und den Nichtsahnenden 42 %, die man rücksichtslos ausbeutet, weil man schließlich etwas mit seiner Zeit anfangen muss und dieses Ausbeuten bislang nicht nur Fortschritt, sondern auch stets gute Unterhaltung versprach. Zudem tut es den herrschenden Herrschaften offenbar gut, auf ein paar Wesen herabblicken zu können, da es schließlich die eigene Person etwas erhöht und so die Illusion erschafft, der Sinnlosigkeit im Universum etwas entgegensetzen zu können.

Angehörige der Kategorie „Sonstige" brüsten sich nicht selten damit, beide Standpunkte durchlebt und darüber hinausgewachsen zu sein, und versuchen im Anschluss oft, ihr „eigenes Ding" zu drehen. Manche von ihnen halten sich für die einzig wahren Herrscher des Universums, jedenfalls hört man das hin und wieder in speziellen Raumfahrerkneipen, die ansonsten dafür bekannt sind, dass die Leute dort ihre Sozialhilfe vertrinken. Einige werden zu mehr oder minder erfolgreichen Selbsthilfe-Gurus, die dann wieder andere zu sogenannter Selbstverwirklichung anreizen, wodurch noch mehr Selbsthilfe-Gurus entstehen. Die meisten dieser Exoten landen jedoch schnell in der Bedeutungslosigkeit, da ihnen der Weg zu großen Taten und dadurch zu Anerkennung durch den fehlenden Kontakt zum großen Markt verwehrt bleibt.

Nun folgen ein paar Fakten über die wichtigsten universellen Regeln, Streitpunkte und Gebräuche im Universum. Keine Angst, es ist nicht viel und auch nicht kompliziert, aber essenziell notwendig, da einem bei Kenntnis der eine oder andere, vielleicht fatale Fauxpas erspart bleibt.

Wenn Sie in eine der beiden großen herrschenden Klassen hineingeboren werden, erhalten sie ein Benimm-Punkte-Konto mit einem Startwert von 100 Benimm-Punkten (BP). Es gibt allgemeine Regeln des gegenseitigen Respekts in Wort und Tat. Werden Sie dabei erwischt, eine dieser Regeln zu brechen, wenn Sie zum Beispiel, nur einmal angenommen, außerhalb Ihrer vier Wände mit nachweisbarer Absicht *blähen*, weil sie es etwa für lustig halten, werden ihnen entsprechend Punkte abgezogen.

Fallen Sie unter einen Punktwert von 80 BP, wird es schwer für Sie werden, einen richtigen Job zu bekommen. (Sie können jedoch jederzeit ohne große Probleme Sozialarbeiter werden oder dienen als sogenannter Leleck im öffentlichen Dienst.)

Fallen Sie gar unter 10 BP, werden Sie auf einem der zahlreichen Experimentierplaneten mit Bezeichnung *Erde* unter die Zutaten für das beliebte Abfallentsorgungs-Produkt *Wurst* gemischt, welches unter den dort angesiedelten Nacktaffen als Delikatesse gilt. Unter 10 BP zu fallen ist allerdings extrem unwahrscheinlich, dafür muss man schon wirklich ziemlich unfähig sein, jedoch gab es in der Geschichte immer wieder erstaunliche Präzedenzfälle.

Es ist allerdings möglich, sein Punktekonto wieder aufzubessern, etwa durch Denunziation anderer Flegel, Leistungen für die Allgemeinheit oder Speichelleckerei bei Herrschaften mit größerem Einflussbereich. Unter anerkannten Wissenschaftlern und Politikern schwanken die Punktekonten bekanntlich am stärksten, da man gerne daran arbeitet, die Arbeit der Konkurrenz zu manipulieren oder öffentlich zu schmähen. Wer dabei Inkorrektheiten übersieht, seien sie auch noch so klein – tja, der ist halt letztlich der Verlierer und muss den Hintern hinhalten. Beim erstmaligen Wechsel vom Lager der Objektivisten zu dem der Intersubjektivisten werden Ihnen 50 BP gutgeschrieben, die jedoch den Wert von maximal 100 BP nicht übersteigen können, und Sie verpflichten sich, dieses Lager für einen Zeitraum von 5 Jahren nicht zu verlassen.

Gehen wir nun etwas in die Tiefe. Ein wichtiger Streitpunkt in den universellen Wissenschaften ist *das Nichts*.
Die Lichtgeschwindigkeit ist entgegen aller Behauptungen aus dem Lager der Unwissenden 42 % *nicht* die schnellste mögliche Geschwindigkeit. *Das Nichts* ist schneller als das Licht, da es in der Lage ist, diesem konstant auszuweichen. Wie dies genau vonstattengeht, ist jedoch umstritten und keinesfalls zur Gänze geklärt, auch wenn Angehörige der Kategorie „Sonstige" dies zu Teilen behaupten und diverse nicht-messbare Phänomene wie zum Beispiel Feen, Elfen und Einhörner dafür verantwortlich machen.

Der Rat der interstellaren Intersubjektivisten hatte sich einst zu diesem Thema auf die mittlerweile allseits verwendete und beliebte *Firs-Konstante* ($\odot$) geeinigt, von der man nicht genau sagen kann, wie schnell sie tatsächlich ist. Die Geschwindigkeit, mit dem das Nicht-Sein dem Sein ausweicht, ist somit offiziell:

$$\odot \approx 300.000 \text{ Kilometer pro Sekunde} + 1 \text{ Firs}$$

Unter Wissenschaftlern ist das Nichts von großer Bedeutung und auch der größte Quell für Angst und Sorge. Man befürchtet, das Nichts könne sich eines Tages für seine Verdrängung des Seins, also der Summe dessen von allem was so *ist*, an diesem rächen wollen und dabei fahrlässig oder gar mutwillig das komplette Universum zerstören.

Sollten Sie eines Tages aus welchen Gründen auch immer irgendwo im Universum das Nichts vorfinden, so handelt es sich um einen ernstzunehmenden kosmischen Notfall! Möglicherweise hängt die Existenz aller Existenz dann von Ihrem kleinen, jämmerlichen Dasein ab. Spielen Sie in diesem Fall weder den Helden und verschwenden sie auch ansonsten keine Zeit damit, sich irgendwie heroisch vorzukommen oder gar wie ein Kleinkind zu weinen, sondern wenden Sie sich unverzüglich an den zuständigen Spezialisten, *Professor Tarantoga*, vom Institut der *Kosmischen Enzyklopädie*.

Professor Tarantoga ist der führende Experte auf dem Gebiet der universellen Nihilistik und hat für den Fall eines Nichts-Aufstandes eine sogenannte *Kosmogigantische Kanone* erfunden, mit der er in der Lage ist, ein mit *Ursuppe* gefülltes Projektil in das Nichts zu schießen, sollte es auftauchen. Diese Art von Ernstfall ist, obwohl sie als äußerst unwahrscheinlich eingestuft wird, die letzte große Sorge im Universum. Eigentlich ist man insgesamt eher eine von Wohlstandsproblemen durchsetzte, aber zufriedene Gemeinschaft.

Das Firs als Maß der Nichts-Geschwindigkeit ist zwar weit verbreitet, aber nicht überall im Universum anerkannt und wird so auch benutzt, um andere Phänomene auszudrücken. So wird es von einigen Randgruppen-Gelehrten und Selbsthilfe-Gurus auch als Symbol für das Unteilbare, das Individuum benutzt, wohl zum Zweck, diesem etwas mehr Bedeutung zu verschaffen als ihm eigentlich zusteht. Bei diesen Wohlstandsirren gibt es Formeln, die etwa so aussehen:

$$\odot = \text{Individualität / Seele}$$

oder auch:

$\odot$ = Seele / Gesamt-Seelenpotential

was letztlich impliziert:

$\odot$ = (Individualität / Seele) / Gesamt-Seelenpotential

was aber irreführend ist, da stets gilt:

Gesamt-Seelenpotential / ∞ = ∞

und somit zwingend folgt:

$\odot$ = ∞

Was diese Gleichungen genau aussagen, ist Gegenstand vielfältigster Interpretation unter wahrheitssuchenden Schlaumeiern jeglicher Couleur, nicht selten ausgetragen in zwielichtigen Spelunken bei seichtem Licht, dudelnden Hypnoseklängen, nach dem dritten oder vierten Getränk. Es konnte nie vollständig geklärt werden, da es sich jeder Messbarkeit entzieht.

Manche sehen darin eine Art „sichere Weltformeln", andere halten das alles für „mystischen Quatsch". Fest steht, dass die alternativen Firs-Formeln jedoch stets genug Blicke auf sich zogen, um im Fokus allgemeiner Aufmerksamkeit verhaftet zu bleiben. Ein Mitglied des Rates der interstellaren Objektivisten, dem ein paar dieser Gleichungen während eines Kokainrausches präsentiert wurden, antwortete daraufhin sichtlich erschreckt: „Wenn *nur* Frosch ist, dann ist *alles* Frosch." Dieses berühmt gewordene Zitat konnte er jedoch nie abschließend erklären, denn vor den Augen seiner entsetzten Kollegen soll er sich augenblicklich nach diesem Satz vollständig dematerialisiert haben und wurde nie wieder gesehen. Als Ergebnis dieses Zwischenfalls wurde ein allgemeines Frosch-Verbot diskutiert, was allerdings aufgrund des Einflusses der Amphibien auf die

Schnapsproduktion als diskriminierend und speziesistisch wieder verworfen wurde.

Forscher, die in diesen Formeln einen tieferen Sinn sehen wollen, werden wegen ihrer kaum belegbaren These von Individuum und Seele und ihrer unwissenschaftlichen Messmethodik von den Objektivisten nicht anerkannt. Die Intersubjektivisten spalten sich bei diesem Thema in zwei Lager: solche, die es interessant oder zumindest amüsant finden, und solche, die keine Meinung dazu haben oder einfach zu beschäftigt sind.

Fest steht nur, dass der Ausgangspunkt des Wortes Firs auf einem der unbedeutenden und mittlerweile unbevölkerten Planeten mit der Bezeichnung *Erde* stattgefunden haben muss. Hier fanden Forscher die Symbolik zum ersten Mal vor, nachdem sie die Reste einer untergegangenen Zivilisation erforschten. Sie entstand in kleinlicher Bastelarbeit, indem man ein Stück von der Verpackung des Suchtmittels *Camel Filters* mit einigem Geschick so zusammenfaltete und mit durchsichtiger Klebefolie fixierte, dass aus dem vorne abgebildeten, vierbeinigen Paarhufer ein zweibeiniger Paarhufer entstand. Im Wort Filters verschwanden durch diesen Akt die Buchstaben l, t und e aus der Mitte und erschufen so das Firs.

Das Bild diente den ansässigen, primitiven Trockennasenaffen offenbar als Fetisch der Belustigung, und tatsächlich lachten auch die an der Unternehmung beteiligten Wissenschaftler über diesen durch die Zeit transportierten Scherz derart unangemessen lang, dass man sich gezwungen sah, spaßbremsende Psychopharmaka einzusetzen. Die Kreissymbolik wurde später als Vereinfachung eingeführt, da sie von den meisten Spezies flink gezeichnet werden und der nun als *Ur-Firs* bezeichnete zweibeinige Paarhufer nach wie vor pathologische Formen von Gelächter auslösen kann. Später dann, wurde dem Ur-Firs auf der im Lager der Objektivisten anerkannten *Objektiven Lustigkeits-Skala (OL-S)* der Wert 100 OL zugeteilt. Diese Skala demonstriert bemerkenswert, dass die Objektivisten seit jeher ein Faible für primitive Trockennasenaffen hatten, denn jedem darauf befindlichen Wert ist ein Gegenstand aus dem Alltagsgebrauch dieser Gattung zugeordnet. Hier ein kleiner Ausschnitt:

100 OL $\triangleq$ Ur-Firs

75 OL $\triangleq$ Hornhauthobel

50 OL $\triangleq$ Fettabscheider

Mit Werten dieser Skala ist auf Objektivistischem Terrain mit Vorsicht umzugehen. Objektivisten sind teilweise durch die Präsentationen eines reinen OL-Wertes zum Lachen zu bringen, und Lachen ist nicht in jeder Lebenssituation angemessen, schon gar nicht unter Wissenschaftlern. Stellen Sie sicher, dass alle Teilhabenden der Situation, in denen Sie über einen OL-Wert reden möchten, be- oder zumindest angetrunken sind.

Bei all dem antreibenden Zwist gibt es aber auch Gemeinsamkeiten: Beide herrschenden Lager sind sich darin einig, dass die schönste aller Farben, *Schwarz*, keine Farbe, sondern eher ein *Kontrast* ist, der Unterscheidung und Abgrenzung leichter ermöglicht. Darum tragen die wichtigsten Vertreter ihrer Klasse stets Schwarz und kommen sich ganz toll damit vor. Und unter uns gesagt, es sieht auch wirklich ziemlich schick aus.

Das beliebteste und wichtigste Getränk im Universum ist jedoch der *Dry Martini;* er wurde von einer wichtigen Katze erfunden, von der ein enormer Teil der ahnungslosen 42% der Ansicht sind, diese wäre der Teufel und das einzig und allein aufgrund einer sehr frühen und grauenhaft schlechten Darstellung der Ohren, die ein künstlerisch talentierter Trockennasenaffe nach seinem Aufenthalt in einer Zuchtstation anfertigte, die danach mehrere Erdplaneten mit vorkonditionierten Affen versorgte. Das Originalrezept ist hier abgebildet und sollte zu allen wichtigen Anlässen zubereitet werden.

- 6 cl Gin oder Wodka
- 1 cl trockener Wermut

Diese Zutaten werden unter Zugabe von Eiswürfeln in beliebigem Tempo miteinander vermischt, in ein spezielles spitz zulaufendes Glas gegossen und mit dem ätherischen Öl der Zitronenschale abgespritzt. Von Ferkeleien wie Oliven ist unbedingt abzuraten, denn dieses verstößt nicht nur gegen wichtige Regeln der Ästhetik – je nachdem wo genau im Universum man sich befindet, steht darauf auch die Todesstrafe. Zudem sollte man vor dem Konsum einmal intensiv an eine Katze gedacht haben, um an den Erfinder des Getränkes zu appellieren. Da einige Spezies, wie etwa die Sternmull-Tentakler, Gedanken lesen können und zu Petzerei neigen, sollte dieser Grundsatz niemals vergessen werden.

Mit diesem Wissen gerüstet, können Sie sich eigentlich überall im All sehen lassen. Den ganzen Rest, also dass man sich zum Beispiel jeden Tag waschen sollte oder dass man sich nicht dort entleert, wo man isst, sollten Sie sich eigentlich denken können. Und wenn nicht, dann gehen Sie halt drauf. Dem Universum ist das ziemlich egal und mir eigentlich auch, denn vermutlich kennen wir uns gar nicht. Ein letzter gutgemeinter Ratschlag noch: Stehen sie nicht einfach nutzlos in der Gegend herum und vor allen Dingen niemandem im Weg. Passen Sie gut auf sich auf und gute Reise!

Beste Grüße
B.

Lager

„Was ist ein Affe im Anzug? Ein respektabler Affe?"

René Kornas

Ich sitze im Büro. Nebenan, im Lager, liegen unzählige Wasserrohre für Straßen, in denen junggebliebene Neurosen einziehen, die sich verliebt haben, gebären und sich waschen wollen.

Der Kaffee schmeckt fad, aber er ist umsonst. Das einzig Warme in dieser Komposition aus Raumwand wie altes Papier, dazwischen modernes Sumpfgrün und jugendliches Wohlfühlblau.

Der Lagerchef erschlägt eine Fliege. *Mahlzeit* kommt herein und fragt „Wo Rohr? Wieviel Rohr?"
„Ja, Nein, Vielleicht." antwortet der Lagerchef und die Antwort verschwindet in *Mahlzeits* Ohr, bahnt sich klanglos einen Weg, um schließlich im Eiweiß anzudocken und die logische Folgehandlung auszulösen.

Ein Donnerwetter schlägt ein. Die Nachricht: Im Lager ist ein Rohr verschwunden! „Rohr weg" sagt der Lagerchef und wechselt in den Suchmodus. Ein Blick auf den Kalender verrät mir: Ich habe noch viel zu viel Lebenszeit herumzukriegen. Der Blick auf die Uhr suggeriert: Die Imposanz des großen Uhrwerks, der Idee dahinter, erfüllt auch das kleinste Zahnrad mit großer Bedeutung. Doch was bewegt sich bei näherem Hinschauen? Der Zeiger der Uhr, von 9 Uhr nach 17 Uhr. Die Sicherheit zwischen den Freiheiten. Ein dunkles, klammes Schaudern überfällt mich, und ich muss rauchen. Dann tippe ich Zahlen in die Zahleneintippmaschine ein. Ich hasse *9-7-8-6-3-0*. Trotzdem buche ich und stemple ein weiteres Rohr in seine vorherbestimmte Existenz. Der Mensch braucht zwei Dinge. Etwas zu tun

und etwas zum Dran-Glauben. Ich tue mit größter Anstrengung, denn ich glaube an gar nichts.

Das Schicksal gebiert einen Telefonanruf. Ich erschrecke. Der Lagerchef ist nicht im Raum, also gehe ich nicht ran. Die Neurose im Telefon will mir wie immer erklären, dass *ihre* Probleme jetzt *meine* Probleme sind. *Aber mit mir nicht!* Ich bewundere mich für das Schmieden dieser Hinterlist und bedanke mich beim Schicksal für meine Andersartigkeit und übergeordnete Intelligenz.

Mein Magen rumort. Obwohl ich es mir nicht eingestehe, bin ich süchtig nach Schmerzen, sonst wäre ich nicht hier. Eine Unterschrift und ein Stempel-Aufdrücken lang brodelt der Wunsch in mir, eine Staffelei zu besitzen mit ein paar Farben und einem Pinsel. Ein berühmter Künstler will ich sein, ja, ein Künstler! Ich will mir eine Kaspermütze aufsetzen und lustig sein. Draußen herumhüpfen, bunt und froh, und schöne Lieder singen. Ich sehe eine Frau in Lack und Leder, die mich schlägt und beschimpft. *„Lebe! Lebe! Lebe!"* schreit sie in mein Ohr. Mein Kopf fängt an zu summen. Ich erschrecke, werde panisch, schlage um mich. Es war mir eine Fliege ins Ohr gekrochen. Eine kleine, blau glänzende Fliege. Träge fliegt sie durch den Raum, und träge landet sie auf der wohlfühlblauen Wand. Das Bild erzeugt Ekel, und Ekel zwingt zum Rauchen. Die trockene Luft zwingt mich weiterhin, den faden Kaffee zu trinken, der mich von innen heraus zerfrisst. Die schmerzenden Farben zwingen mich, nur das Nötigste zu sehen. Ich liebe mein Leben – ja! – ich sehne mich danach.

Eine weibliche Büroüberzeugte kommt herein. Ihr Name ist *Hallo Bitteschön* und sie schenkt mir einen neuen Stapel Zahlen. Ich bin erfreut, sie zu sehen, denn sie simuliert noch ausreichend jugendliche Frische, obwohl sie die Jugend vor kurzem vollendet haben sollte und sich durch die Auswahl von möglichst in Büros akzeptierten Accessoires große Mühe gibt, ihr Gesicht zu zerstören. Eine nähere Bekanntschaft vermeide ich jedoch, da ich weiß, dass Büroüberzeugung in Anbetracht eines vielleicht unendlichen Universums rein gar nichts bedeutet. Vielleicht werde ich ihr Aussehen unter der Bettdecke erneut aus dem Gedächtnis hervorholen und es benutzen, um akut an mir zu handhaben. Ich liebe mein Leben – ja! – ich sehne mich danach.

Ich sehne mich danach, *nach Hause* zu kommen. Aber was ist das?

Ein blassblaues Hemd mit roter Krawatte schaut herein und erzählt Unglaubliches: *Irgendwer* ist gestorben. *Irgendwer*, der vor kurzem noch in der Abteilung für *Irgendwas* gearbeitet hat. *Irgendwer* war Jäger und im Wald unterwegs. Das tat er manchmal. Er hat sich hingestellt und gewartet. Im Wald. Dann hat er zwei Hasen erschossen. Wenig später ist er umgefallen und war tot. Warum, weiß man nicht. Ich hauche ein leichtes Beileid aus und verweise dezent und sozial angemessen auf den hohen Stapel Zahlen, der neben der Zahleneintippmaschine liegt und noch von mir in diese einzutippen ist. Das blassblaue Hemd gibt sich zufrieden und zieht weiter, die Nachricht an anderen Stellen zu streuen.

Ich sehne mich danach, nach Hause zu kommen und meinem Leben zu sagen, wie gern ich es habe. Ich würde es mit offenen Armen empfangen und „Ich liebe dich" sagen. Es würde sagen „Ja, aber" und mich auf meine Privat-Neurosen hinweisen. Ich würde entgegnen „Du hast Recht, aber" und eine Zigarette anzünden. Dann würde ich vor Wut kochen, und mein Kopf würde summen, die Gedanken wild durcheinander fliegen. Wie die Fliegen, hier im Büro an der wohlfühlblauen Wand. Das unerträgliche Summen. Das Gefühl von kribbelnden Beinchen überall. Diese Getriebenheit. Dieses verlogene Irgendwohin-Wollen. Doch wohin nur? Was nennen die Menschen das Leben? Die Diskothek, die Kneipe! Sich umtänzeln und das Summen übertönen. Leben ist Bier und Sex. Etwas Ultimatives gibt es nicht.

Bald ist Freitag. Bald ist Wochenende. *Lebens-Wochenende.* Das erste Bier aufmachen.

Der Lagerchef kommt ins Büro und lacht amüsiert. „Der geistig leicht behinderte Kollege, aber gleichzubehandelnde Mitarbeiter hat das Rohr falsch einsortiert, das hätten wir uns ja gleich denken können." Ich lächle ihn erleichtert an. Es war kein Zahlenfehler, es war der geistig leicht behinderte Kollege, aber gleichzubehandelnde Mitarbeiter. *Mahlzeit* steckt den Kopf zur Tür herein, auch er ist sichtlich amüsiert. „Man stelle sich vor, der geistig leicht behinderte Kollege, aber gleichzubehandelnde Mitarbeiter hat das Rohr falsch eingeordnet, immer wieder macht er das!" Alle lachen laut. Ich lache mit, damit nicht auffällt, dass ich nicht mitlache. Als wenig später auch noch ein weißes Hemd mit darunter getragenem, ebenfalls weißem Unterhemd im Raum erscheint und erfreut verkündet, eben jener geistig leicht behinderte Kollege, aber gleichzubehandelnde Mitarbeiter habe das Rohr falsch eingeordnet, ist die Stimmung perfekt. Der Büro-Orgasmus des Tages ist erreicht. Freudiges Miteinander, Erfüllung, Kommunion.
„Lachen befreit die Seele" verrät ein Birkenholzschild über der sumpfgrünen Pressspan-Tür. Die Luft riecht nach warmem Lack und Wurstbrot.

Das Schicksal gebiert einen Telefonanruf. Ich erschrecke gewohnheitskonform. Der Lagerchef geht ran. „Was Rohr? Wo Rohr? Wie viel Rohr?" fragt er und notiert überzeugt. Die Neurose im Telefonhörer monotoniert aufgeregt. Ich schaue auf die Uhr. Noch 15 Minuten bis zur verordneten Nahrungsaufnahmezeit. Ich werfe einen interessierten Blick auf die vergilbte Speisekarte. Es gibt Einheitsbrei, sagt sie mir. Fast kostenlos für Mitarbeiter und immer auch beinahe umsonst. Farbe: Beige oder Blassbraun. Ich entscheide mich für Blassbraun.

Von Herrn Klein

Als Herr Klein letztlich seine reale Größe erkannte, wurde er sofort vom Universum verdrängt und konnte diese letzte Erkenntnis selbst nicht mehr betrachten. Niemand erzählt nun mehr Herrn Kleins Geschichte, da ihn niemand mehr sieht oder auch nur sehen könnte. Das Nichts erzählt sich diese Geschichte selbst, was faktisch unmöglich ist, aber dennoch geschieht, ohne dass dieser Prozess durch etwas Sterbliches aufgehalten werden würde. Herrn Kleins Geschichte vibriert im kosmischen Hintergrund als eine Art immerwährende Spirale seichten Terrors und fast schon überheblicher Unschuld. Und nirgendwo ist ein Ende in Sicht, da der kosmische Witz alles mit eiserner Hand regiert und sich nicht um unbedeutende Randphänomene schert. Und das schließt Herrn Klein mit ein, dessen filigrane Hinterzimmerexistenz nun lediglich sein eigenes, unlösbares Problem darstellt.

Richten Sie in dieser Stadt die Antennen Ihrer Wahrnehmung aus, wie und wohin Sie nur wollen. Von Herrn Klein wird niemand jemals etwas gehört haben, und selbst wenn jemand etwas gehört haben *sollte*, so wird diese Person den Teufel tun, sich dieses Erlebnis selbst einzugestehen, sondern diese Erfahrung sorgsam aus dem Gedächtnis tilgen. So lange, bis Herr Klein wieder in die hintersten Frequenzen des Radiorauschens zurückgekehrt ist, wo man ihn vermuten könnte, wüsste man um ihn. Es handelt sich sozusagen um eine offene Unbewusstheit, die sich von Zeit zu Zeit ins Vorbewusste des einen oder anderen Individuums schleicht, um sofort von den psychischen Mechanismen des Alltags zurück in die Kammern tiefster Verdrängung geschickt zu werden.
Als großes Paradoxon bahnen sich jedoch die abenteuerlichsten Geschichten über Herrn Klein durch die Aussagen der Leute, obwohl es niemanden gibt, der absichtlich darüber redet, oder Herrn Klein *wörtlich* erwähnt. Man ist mit diesen Geschichten angefüllt, ihnen sozusagen ausgeliefert, weiß aber weder um ihre Existenz oder gar

um ihre Herkunft. Es handelt sich um sublime Einflüsterungen aus Träumen und Momenten der Abgelenktheit, wenn dezente psychische Vibrationen sich in eine Person ergießen können. Bezeichnend für die Gegend, in der Herr Klein gewohnt haben könnte, sind der Rückgang bei der Neuanschaffung von Radiogeräten und Gerüchte über seltsame Geräusche im Rauschen zwischen den Kanälen.

Wäre da jemals ein *wirklicher* Herr Klein gewesen, so wäre seine Geschichte nicht von Relevanz für mich, und doch rumort sie in mir wie ein pochender Kopfschmerz und schiebt sich mit Gewalt durch meine Hirnwindungen, nimmt dadurch meine Farbe und Gestalt an und arbeitet sich über Nerven und Muskulatur unbeirrt in die Tastatur und somit auf den Bildschirm. Ich kann nicht behaupten, diese Geschichte erdacht zu haben. Sie ist ein Prozess des Automatischen, des unbedarften Äthers, der alle Sphären miteinander verbunden hält und manchen von uns den Willen eines Gottes, sonstiger erbärmlicher, imaginärer Gestalten oder eben die Geschichte irgendeines Herrn Kleins aufnötigt.

Ich bin keinesfalls abergläubisch, jedoch halte ich meine Kanäle offen. Und offenbar bin ich das Medium von irgendetwas, das sich Herr Klein nennt und durch mich in diesem Moment seinen Weg zur Verständigung mit der Spezies Mensch sucht. Vielleicht habe ich aber auch nur eine Psychose, oder ein Charakteranteil verselbstständigt sich, weil ich ihn vernachlässigt habe. Das alles trifft mich auf falschem Fuße, da ich mich mit diesem affigen Herrn Klein weder identifizieren kann, noch seine Geschichte verstehen möchte, aber da ist dennoch dieser unwiderstehliche Drang, diese Geschichte aufzuschreiben.

Ich sehe, wie Herr Klein einsam in seiner Wohnung sitzt. Diese ist spärlich möbliert, Teppichboden oder Tapeten gibt es nicht. Die Dinge, die er hat, liegen überall verstreut herum. Er ordnet nichts, oder vielmehr, er ordnet die Dinge, wie sie zu ihm kommen und wie sie sich von ihm entfernen. Einem Außenstehenden müsste es als Chaos erscheinen, aber Herr Klein ist in seiner *Herr-Klein-Logik-der-Dinge* gut organisiert. Die Wohnung ist noch neu, und dennoch ist sie Herrn Kleins alter Wohnung nicht unähnlich geworden, nur die Orientierung der Räume ist unterschiedlich. Vor kurzem wurde die Wohnung seiner alten Tante nach ihrem Tode geräumt und es hieß, für Herrn Klein allein sei die Wohnung der alten Dame zu groß, er müsse von dort verschwinden und eine kleinere Wohnung beziehen. Ihn überkam große Furcht bei dem Gedanken, aus seiner heimeligen Raumorientierung auskehren und sich einer neuen Struktur anpassen zu müssen. Nun waren die Möbel der Tante verschwunden, lediglich sein Bett hatten sie ihm gelassen. Die neue Wohnung befand sich in einem unruhig besiedelten Wohngebiet einer Großstadt. Einem Stadtteil, den die Reichen mieden, denn hier wohnten die armen Leute. Und etwas, was einen Mann von Welt oder auch nur einen Mann mit Geld interessieren könnte, suchte man hier vergebens.

Am ersten Tag in der neuen Wohnung hatten Sie ihm seine Sachen in einem großen Auto vor die Haustür gestellt. Einräumen sollte er selbst. Also stand Herr Klein mit seiner langen, hageren Gestalt auf der Straße vor dem, was jetzt sein neues Leben werden sollte. Ein viereckiges Haus am Anfang einer Straße, irgendwo im Nirgendwo des großen, schwarzen Weltraums. Er hatte seit ein paar Nächten nicht gut geschlafen und war auch nicht dazu gekommen, sich die Haare zu waschen. Etwas, das er meist nur dann bemerkte, wenn ihn jemand darauf hinwies, was meist seine verstorbene Tante gewesen war.

Er lud gerade seinen alten, verstaubten Kassettenrecorder aus, als er einen Mann in schwarzer Kluft geschäftig in den Hauseingang eilen sah. Der Mann verschwand schnell in der Wohnungstür neben der seinen. Herr Klein würde ihn begrüßen müssen, sobald er wieder auftauchte. So viel Anstand brachte er auf, auch wenn es ihm schwer fiel, überhaupt mit einem Fremden zu reden. Er wollte nicht einfach einen fremden Dunstkreis anschneiden und etwas darin Befindliches durch seine unangemeldete Person ins Schwanken bringen. Auf seine Art war Herr Klein ein überaus freundlicher Mensch und suchte in solchen Situationen stets nach einer unverfänglichen Gelegenheit, was ihm jedoch häufig misslang.

Nur wenig später kam der schwarze Mann wieder heraus geeilt. Herr Klein stand gerade mitten in seinem Weg und da er diesen bereits unterbrochen hatte, haspelte Herr Klein mit aller Freundlichkeit, die er so schnell aufbringen konnte: „Guten Tag! Mein Name ist Klein, ich ziehe heute in diese Wohnung neben Ihnen." Der Mann sah ihn mit ungerührter Miene an, überlegte kurz und sagte dann: „Angenehm," zeigte in die Himmelsrichtung links vom Haus, „dort befindet sich der Straßenstrich, etwa zweihundert Meter dahinter ist ein Supermarkt." Dann drehte er seinen Arm in die Richtung rechts vorm Haus und sagte: „Und dort ist noch ein weiterer Supermarkt, dahinter die U-Bahn-Station. Ansonsten gibt es hier nichts. Viel Spaß bei der Jagd nach dem *Ticket nach draußen*." Dann ging er geschäftigen Schrittes weiter, ohne sich noch einmal nach Herrn Klein umzublicken, in die Richtung rechts vom Haus und verschwand in der Ferne.

Herr Klein wusste nicht recht, was er davon zu halten hatte. *Ticket nach draußen.* Aber er hatte, dort wo er herkam, auch Zeit seines Lebens keinerlei Erfahrung mit sogenannten Nachbarn gemacht. Obwohl er schon etwas älter war, war das Gebiet der Nachbarschaft für ihn noch vollkommen unerschlossen und so war er sich nicht bewusst, ob dies eine positive oder eine negative Erfahrung für ihr darstellen sollte.

Während er weitere Teile seiner Musikanlage in seine neue Wohnung trug, erschien eine alte Frau mit Kopftuch in einem der Fenster auf der anderen Seite des Hauses. Er grüßte sie ähnlich wie er den fremden Mann gegrüßt hatte. Sie nickte freundlich zurück, aber aus irgendeinem Grund sprach sie nicht mit ihm. Dafür spuckte sie regelmäßig auf die Wiese unter dem Fenster und fütterte dort zwei im Kreis herum eilende Tauben, welche ihr in ihren eigenen Bewegungen und ihrem Aussehen nicht unähnlich schienen. Vielleicht versteht sie unsere Sprache nicht, dachte sich Herr Klein und fuhr fort, den Wagen bis zum Abend leerzubekommen.

Das Bett konnte er allein nicht aufbauen, und so schaffte er einfach die Matratze in die Ecke hinter der Musikanlage und legte sich darauf hin, nachdem er sich Hände und Gesicht mit warmem Wasser gewaschen hatte, und begann, Löcher in die Luft zu starren, da er nicht wusste, was er ansonsten hätte tun sollen. Beleuchtung gab es keine. Ein wenig Kleingeld klimperte noch in seiner Tasche. Irgendwann schlief er ein. Ein harmloser, traumloser Schlaf, denn Herr Klein hatte das Träumen nicht erlernt.

Am Tag danach ging er mit seinen paar Münzen zu einer nahegelegenen Telefonzelle und rief ein paar Leute an, die er früher einmal als seine Freunde verstanden hatte. Er lud sie für den kommenden Freitagabend zu sich ein. Er hatte das Ableben seiner Tante noch nicht vollständig verkraftet, aber er glaubte, ein paar bekannte Gesichter könnten seine Stimmung aufhellen und ihm die neue Situation etwas erträglicher machen.

Mit den Jungs hatte er in der Vergangenheit schöne Abende verbracht. Oftmals waren Sie tagelang von zu Hause weggeblieben, und im Nachhinein schimpfte seine Tante ihn stets einen Nichtsnutz und einen Tagelöhner, aber lange war sie ihm nie böse gewesen, war er doch Teil des wenigen, das sie selbst besessen hatte.

Er sagte ihnen, er habe im Moment kein Geld und könne selbst nur wenig beitragen, nur eben die Räumlichkeiten und Musik. Das mache nichts, sagten sie. Er solle sich nicht den Kopf zerbrechen, es werde für alles gesorgt.
Und so war es dann auch. Alle kamen sie, die alten und auch ein paar neue Gesichter. „Der Klein hat eine eigene Wohnung", und „endlich sturmfreie Bude beim Klein", so hieß es.

Herr Klein trank ein Bier nach dem anderen, und da er seit zwei Tagen nichts gegessen hatte, versteckte er eine Chipstüte und eine Dose gesalzene Erdnüsse unter den Überresten seines Bettgestells, als er sich sicher war, dass niemand es bemerken würde.

Als Gastgeschenk brachten sie ihm eine große, leuchtende Kugel mit, die beständig die Farben wechselte und seine Wohnung auf diese Weise in ein stets buntes, aber schwach leuchtendes Licht tauchte, das die Raumkonturen verstärkte, aber den Raum selbst nicht ganz erleuchten konnte. Herr Klein war sehr angetan von dieser Kugel und richtete seinen Blick sehr lange darauf. Die Musik wurde langsamer, monotoner und schien seine Sinne zu vernebeln. Dann wurde ihm ein Joint gereicht und er sog den Rauch begierig auf, wie der Säugling die Muttermilch. Dann, kurze Zeit später, wusste er von nichts mehr und versank im Vergessen.

Als er aufwachte, waren alle verschwunden. Einer musste ihm einen Zwanziger in die Hand gedrückt haben, jedenfalls befand sich dieser mit einem Male in seiner Tasche und am Tag zuvor war diese Tasche noch leer gewesen. Ein Zwanziger, dachte er sich. *Herr Klein, ein Zwanziger und der Rest der Welt.* Dann verfiel er in eine tiefe Verstimmung, aus der er nie wieder herausfinden sollte.

Es sollte nicht lang dauern, und Herr Klein würde den Zwanziger ausgegeben haben. Und das in der Logik, in die er im Laufe seines Lebens hineingewachsen war, nämlich die durchaus sparsame *Herr-Klein-Logik-der-Dinge*. Er würde sich dreizehn Tage lang eine Flasche vom günstigsten Wein im Supermarkt kaufen und auf Erlösung hoffen, aber Erlösung würde nicht kommen. Stattdessen kommt etwas anderes.

Ich kann nicht sagen, dass ich Mitleid mit Herrn Klein habe, doch kann ich ihn in seiner Handlungsweise bestens nachvollziehen. Er weiß es nicht besser, und innerhalb der ewigen Spirale, in der er sich befindet, wird er nie einen anderen Weg einschlagen können.

Jeder handelt, wie er
gewachsen ist und erntet
genau das, was das Universum
zu diesem Wuchs zu
sagen hat.

Ich vermag das nicht zu ändern und will es auch gar nicht. Jeder handelt, wie er gewachsen ist und erntet genau das, was das Universum zu diesem Wuchs zu sagen hat.

Herr Klein wusch seine Kleidung in der Nacht nach der Party mit dem heißen Wasser, das ihm in der neuen Wohnung zur Verfügung stand. Einen Rest Kernseife, den er sofort im Augenblick, als unwiderruflich feststand, dass seine Tante verstorben war, angstvoll eingesteckt hatte, sparte er sich für Gesicht, Achseln und Genitalien auf. Es war wirklich nur ein spärlicher Rest und für ihn augenblicklich so wertvoll, wie einem reichen Mann vielleicht ein Stück Gold wertvoll ist. Doch solche Vergleiche kannte Herr Klein nicht. Nur wollte er seinen Mitmenschen einen eventuell auftretenden Körpergeruch seinerseits nicht zumuten, wo sich doch auch die Armen in diesem Stadtteil alle Mühe gaben, nicht nach Armut zu riechen.

Die ersten drei Tage nach der Party verbrachte er somit in seiner feuchten, aber gewaschenen Unterhose und in geduckter Haltung unter den Fenstern, denn er wollte nicht der Grund dafür sein, dass jemand, der ihn von außen in seiner jetzigen Lage möglicherweise sah, sich wegen seiner Gestalt hätte schlecht fühlen müssen.
War Herr Klein auch alles andere als im objektiven Sinne gebildet, so hatte er doch ein Gefühl für Scham und konnte es auch bei anderen Leuten nachvollziehen.

In diesen drei Tagen befühlte er ständig seine Wäschestücke, um zu prüfen, ob sie einen Trocknungsprozess durchlaufen hatten, und hängte sie immer wieder um, damit sie möglichst frei hingen und der Luft ausgesetzt waren. Da er keinen Wäscheständer besaß und sein eigenes Mobiliar nicht viel hergab, improvisierte er mit seinem Bettgestell. Es war alles nicht besonders durchdacht und auch nicht professionell, aber zumindest hatte Herr Klein dadurch eine Beschäftigung, die ihm dabei half, die Sonne über den Himmel zu schieben. Des Abends dann lag er auf der Matratze und starrte in die schöne, farbwechselnde Lampe, bis er in eine traumlose Leere versank. Oft überkamen ihn dabei Gedanken an seine Tante und den Alltag, den sie miteinander verlebt hatten. Mit der Vorstellung eines „Lebens nach dem Tode" war Herr Klein niemals in Berührung gekommen. Und dennoch entwickelte er in diesen Tagen eine grobe Ahnung von der Ewigkeit.

Dann, als die Wäsche sich wieder zum Anziehen eignete, überkam ihn der Gedanke an Wein. Er war allein mit sich, wusste nichts zu tun und musste wie alle Säugetiere, seinem Tag irgendeine Form oder Struktur verleihen. Herr Klein brauchte ein Thema, beziehungsweise eine Überschrift für das, was er nun tun sollte. Er verstand nun etwas, das sich in den letzten Tagen zwar allmählich angekündigt hatte, aber noch nicht ganz zu einem Gedanken herangereift war: *Er war allein.*

Die Tante hatte mit ihm an manchen Abenden in der Küche eine Flasche süßen, dunklen Weines geteilt. Dieses Ritual erinnerte ihn damals stets an die Abende mit den Leuten, die er seine Freunde nannte. Nur war es durchaus anders, es war gemütlicher und vertrauter – ja, intimer – wenn er dieses Ritual mit seiner Tante beging. Die Freunde waren ihm wohl gut gesonnen, aber auch stets irgendwie fremd geblieben, denn ihr Leben berührte seines nur am Rande, das der Tante jedoch schloss ihn mit ein, wie eine warme Decke. So dachte Herr Klein an seine Tante und ihren Wein und fragte sich, ob er dieses Gefühl vielleicht nochmal wiederfinden könne.

Er fühlte eine gähnende Leere, die ihn in den Magen biss, bei jedem Schritt auf dem Weg zum Supermarkt. Die Prostituierten ignorierten ihn. Sie wussten instinktiv, dass er als Kunde nicht in Frage kam. Herr Klein schreckte kurz auf, als ein laut hupendes Auto an den Frauen vorbei fuhr und hätte beinahe wieder kehrtgemacht. Unterwegs begegneten ihm Gedanken an Kohlsuppe und Rindergulasch. Dinge, die er nie wieder essen würde. Davon war er überzeugt. Diese Zeiten waren vorbei und könnten unmöglich wiederkehren. Die-

se Welt war für ihn erloschen und existierte nur noch für andere Menschen. Ihn hatte das Schicksal vor die Tür gesetzt.

Im Supermarkt stand er vor dem Regal mit den Konserven, nahm ein paar von ihnen in die Hand und musterte sie, aber er besaß keinen Dosenöffner, mit dem er sie hätte öffnen können und da er niemandes Dunstkreis durchbrechen konnte, ohne vorher eine Einladung dorthin zu erhalten, stellte er sie enttäuscht zurück. Der Gedanke, die Konserve am Ende wie wild durch die Wohnung zu werfen, sie vielleicht an irgendeiner Kante aufbrechen zu müssen, um sie dann kalt zu essen, erfüllten ihn mit Schaudern und Ekel. Der Gedanke, andere Lebensmittel zu kaufen, kam ihm schlicht nicht, denn aufgrund seiner Prägung hatte er keinen Blick dafür. Man kann sich das in etwa so vorstellen, dass dort, wo sich für andere Leute zum Beispiel Obst und Gemüse befinden, für Herrn Klein einfach *nichts* existiert. Nicht etwa graue, schemenhafte Flecken oder gar gähnende Schwärze, sondern eben rein gar nichts, obwohl Herr Klein prinzipiell um die Existenz von Obst und Gemüse weiß. So, wie jemand weiß, dass ein Ort namens Aserbaidschan auf dem Planeten Erde prinzipiell existiert, sich aber dafür, weil er ihm fremd ist, weder interessiert noch auf den Gedanken käme, dort hin zufahren. Eine nicht wahrgenommene Variable. Die Flasche Wein jedoch kannte Herr Klein bestens, und sie hatte einen praktischen Schraubverschluss.

So begann nun Herrn Kleins dreizehntägige Odyssee durch den Zustand täglicher, erst dezenter, aber allmählich sich steigernder Trunkenheit. Es ging ihm nicht gut dabei, aber er war froh, von allein ein Programm gefunden zu haben, das ihn ordnete. Tagsüber wartete er so lang wie möglich, bis die ersten Sonnenstrahlen hinterm Haus im Boden versanken, dann machte er sich auf, in Richtung des Supermarktes, an den Prostituierten vorbei. Anschließend begab er sich mit seiner Beute auf seine Matratze, schaltete die bunte Kugel ein, trank den Wein so langsam wie nur möglich aus einem alten Zahnputzbecher und dachte dabei so sehr er nur konnte an die

Abende mit seiner Tante in der Küche und was sie ihm an diesen Abenden alles erzählt hatte. Er empfing im Nachhinein nur noch ein recht verzerrtes Bild von ihren Worten, aber was er in diesen Tagen suchte, war auch nicht ihre Weisheit, sondern das Gefühl von Heimat und Geborgenheit. Stattdessen überkam ihn jedoch fast jedes Mal eine tiefe Wehmut.

Sie erzählte ihm von den Horden der Leute da draußen, die allesamt nicht wüssten, wohin sie gehen sollten. Deswegen gingen sie jeden Tag immer nur denselben Weg. Aus Gewohnheit. Wie eine Dressur. Und dass sie sich einreden müssten, dies sei das große Glück, um sich selbst bei ihrer Dressur zu belohnen.
Und dass dieses große Glück sie, wenn sie es nur lange genug betreiben würden, in einen Zustand der endgültigen Erlösung führen sollte. Nämlich, dass sie sorgenfrei ihrem alten Weg nicht mehr folgen müssten. Das *Paradies, die Rente*. Ihr Mann war einer dieser Glücklichen gewesen und dann eines Tages auf seinem täglichen Weg verstorben, lange bevor er das Paradies hätte erreichen können. Die Tante hatte das sehr frustriert und da sie es sich erlauben konnte, hatte sie das Paradies direkt gewählt und es nicht mehr verlassen.

Immer dann, wenn sie *Paradies* sagte, nahm sie einen großen Schluck und trank das Glas dabei fast leer. Er tat es ihr gleich. Und auch jetzt tat er dies, nur dass er sich ihre Worte eben dachte und der Wein nicht im Ansatz so gut war wie damals.

Nicht, dass man auf die Idee käme, Herr Klein wäre ein arbeitsscheuer Mensch gewesen. Ganz im Gegenteil. Herr Klein hatte ein Konzept von Arbeit und arbeitete sogar sehr gern und tat seiner Tante jeden nur möglichen Gefallen. Er nahm niemals Rücksicht auf seine Gesundheit, denn wenn sie einen Wunsch hatte, war sein eigener Wille, diesen zu erfüllen. Die Tante bildete schließlich seine Grundlage, auch wenn er das bis zu seinem Ende nicht erkennen und verstehen sollte.

Aber nun war keine Tante mehr da, und Herr Klein konnte für niemanden mehr arbeiten. Er war zu freundlich und zu ängstlich, um auch nur irgendjemanden anzusprechen, und die Welt da draußen sollte ihm mit all ihren seltsamen Gesetzmäßigkeiten für immer ein Rätsel bleiben. Wie sollte er da in so etwas Unmöglichem wie einem Beschäftigungsverhältnis landen – einer Sache, von der er wusste, dass sie sowieso keine endgültige Erlösung bringt und Dressur verlangt? Er hätte sich gerne jemandem oder etwas hingegeben, aber zu vielen Dingen, die für andere Menschen „normal" sind, hatte Herr Klein in seiner *Herr-Klein-Logik-der-Dinge* denselben Bezug wie etwa zu Obst und Gemüse oder zu Aserbaidschan.

Am dreizehnten Tag trank Herr Klein den Liter Wein etwas zu schnell. Er hielt es auf der Matratze nun nicht mehr aus und verließ das Haus mit dem letzten Schluck Wein in der Hand, den er irgendwo anders, jedoch nicht in seiner neuen Wohnung austrinken wollte.

Lüge, dachte er sich. *Alles auf der Welt ist eine Lüge.* Er erkannte, dass er sich in irgendetwas Unbestimmtem getäuscht hatte, aber er wusste nicht, was genau dieses Unbestimmte war und welche Dimensionen es umfasste. Aber groß musste es sein. Allmächtig und groß. Er versuchte das, was der Blick seiner Augen ihm zeigte, in irgendeine Beziehung zu sich selbst zu bringen und eilte in das Dunkel der Nacht, ohne genau zu wissen, wohin er sich bewegte. In seiner Wahrnehmung änderte sich eine wichtige Perspektive: Anstatt dass Herr Klein durch die Welt lief, sagte ihm die *Herr-Klein-Logik-der-Dinge* mit einem Mal, dass die Welt *ihn* durchlief, als wäre er das einzig Fixe im Universum, und alles zöge mit großer Einfachheit an ihm vorbei. Instinktiv war er auf dem örtlichen Friedhof gelandet, wo er durch die Reihen der Gräber torkelte und sich an den bunten Laternen erfreute.

Er vergaß für einen Moment all die Angst, die er mit sich herumtrug. Vielleicht, weil ihn etwas Wichtigeres als seine Tante getroffen hatte oder vielleicht einfach nur, weil er wie in den letzten Tagen ziemlich betrunken war. Das Resultat sollte das gleiche bleiben.

Über ihm öffnete sich der freie Sternenhimmel. und er blickte zum ersten Mal direkt in die Mitte des Großen Wagens, ohne je von diesem gehört zu haben, und verfolgte seine Außenpunkte von Stern zu Stern mit ganz langsamen Augenbewegungen, als suche er etwas darin, wovon er nicht wusste, was es war.

Herr Klein war alles andere als ein normaler Mensch. Das registrierte er genau in dem Moment, als er erkannte, dass ihn das Muster des Himmels, in das er starrte, nicht mehr loslassen wollte. Aber da war es bereits zu spät für ihn. Er blieb daran haften und konnte seinen Blick nicht abwenden, wohin auch immer er ihn richten wollte. Es war, als würde er von einer fremden Macht dazu gezwungen, ohne dass er sich hätte zur Wehr setzen können. Die Weinflasche entglitt seinem schlaffen Griff und rollte ins Dunkel.

Er versuchte, die Häuser und den Kirchturm im Hintergrund zu fokussieren, aber sein Augenblick zog ihn wieder und wieder in den Himmel zurück. Er wehrte sich und wehrte sich, aber dann verstand er, dass es keinen Sinn ergab.

Herr Klein erkannte, dass keine Fluchtmöglichkeit bestand und dass zu fliehen auch nicht der Zweck dieses Ereignisses war. Er glaubte auf einmal einen Sinn in diesem Ereignis zu erkennen. Sein eigener Wille war es, der ihn festhielt. Eine Willensstärke, die er in diesem Ausmaß nie erlebt hatte, aber als er es verstand, verflog seine Angst, und er konnte sich dem Moment voll und ganz hingeben. Er wünschte sich nun nichts mehr, als dass der Himmel in all seiner Größe, so wie er ihn sah, auf ihn zurasen würde, damit er sich bis in alle Ewigkeiten daran würde relativieren können. Seine gesamte Existenz sollte in der Leichtigkeit des Seins aufgehen, auch wenn es bedeutete, dass er sich darin würde verlieren müssen.

LÜGE, dachTE er
Sich, ALLES AUF DER WELT
IST EINE LÜGE

Dieser Wunsch wurde erfüllt, allerdings anders, als Herr Klein es sich vielleicht vorgestellt hätte, denn das Universum ist nicht dumm.

Herr Klein wurde sozusagen in seine eigenen Themen und Unterthemen zerlegt, und er selbst verlor dabei den Großteil seiner sich selbst bewussten Existenzform.

Dieser Aspekt von Herrn Klein – man könnte sagen, der *primäre* Herr Klein – wurde restlos relativiert und verschwand in leeren Ewigkeiten, wie er es gewünscht hatte.

Ein anderer Aspekt kehrte zu *einer* Tante zurück und ist nun dazu verurteilt, für eine lange Zeit Herrn Kleins Tantenverhaftung auszuleben, wie es ihm selbst gefallen hätte, nur dass dieser Aspekt nicht mehr von Herrn Klein selbst erlebt wird, sondern eine Seele traf, die rein zufällig einen bestimmten Magnetismus für diese Thematik aufwies, bedingt durch eine ähnliche Vorgeschichte. Diese Person könnte, würde sie von Herrn Kleins Geschichte hören, durchaus dazu geneigt sein, an Reinkarnation zu glauben.

Was von ihm noch blieb, ein Haufen sich wiederholender Gedankenmuster aus seinen Erinnerungen, kehrte mit deutlich reduziertem Verstand in das viereckige Haus am Rande der Straße zurück und treibt seitdem dort sein wortwörtliches Unwesen. Da die Menschenwelt nicht darauf ausgelegt ist, solcherlei „übernatürliche" - eigentlich sollte es heißen „zwischennatürliche" - Dinge wahrzunehmen, konnte sich nach diesem Ereignis niemand mehr an Herrn Kleins Existenz erinnern. Wie auch, schließlich wurde sein Universum durch seinen eigenen Wunsch ausgelöscht, was zur Folge hat, dass sowohl die Zukunft als auch die Vergangenheit seiner Person aus der Konsensrealität der Menschen entfernt ist und alles was von ihm bleibt, eine filigrane Thematik ist, die sich wie ein sachter Schleier über alle Individuen legt, um sich möglichst flächendeckend zu verbreiten.

Dieses Ereignis ist der Grund, warum in diesem Teil der Stadt das Radio als Medium nahezu ausgestorben ist und die wenigen Radiohörer zumeist Geräte bevorzugen, die automatisch mit Sendern belegte Frequenzen aufspüren. Man hütet sich vor den Zwischenräumen, und es gibt Geschichten aus Großmutters Zeiten, die von Stimmen und unheimlichen Lauten zwischen den Kanälen berichten. Ein Mann soll häufig nach seiner Tante gefragt haben. Man spricht nicht darüber, weil man es für einen Scherz hält, aber gleichzeitig handeln alle Leute, ohne es zu merken, nach Mustern, die nicht ihre eigenen sind, sondern sich des nachts und in Momenten der Unaufmerksamkeit eingeschlichen haben. Die *Herr-Klein-Logik-der-Dinge*. Aber das ist global betrachtet nichts, was schlimm wäre oder worum man sich sorgen müsste. Es geschieht, ohne dass es durch etwas Sterbliches aufgehalten werden könnte. Und die wenigen noch vorhandenen Bewusstseinsfetzen des tatsächlichen Herrn Klein sind, wenn sie einem einmal begegnen, auch eher unterhaltsam als unheimlich.

Vom Arschloch,

welches auf wundersamen Wegen und mit erhabener Selbstverständlichkeit an meiner Wand erschien

Ich wohne schon seit dreißig Jahren in diesem Haus, aber so etwas Wunderliches ist mir in all den Jahren noch nicht passiert.

Nicht, dass in meinem Leben nie etwas geschehen wäre, ich bin es nur seit einiger Zeit so gewohnt, dass mir, weniger als damals, nahezu gar nichts passiert, abseits der Notwendigkeiten des Lebens, das Leben selbst erhalten zu müssen.

Das Haus verlasse ich nur, wenn es notwendig ist, wenn ich etwas brauche, um die Bahnungen des Alltags aufrecht zu erhalten. Früher einmal bin ich ein normaler Bürokaufmann von ausreichender Motivation gewesen, mich von einem Wochenende zum nächsten und von einem Urlaub zum nächsten hangelnd. Dies sollte der Rest meines Lebens werden, bis ich irgendwann einmal an einem Frühlings- oder Sommertag versterben würde. Der angenehme Bürokaufmann verstirbt nicht in der kalten Jahreszeit, sondern nur dann, wenn die Erde locker ist und sich einfacher umgraben lässt.

Dieses Leben jedoch war mir zu aufregend, und ich hatte Schwierigkeiten, mich damit zu identifizieren. All diese Dinge, die man auf sich nehmen muss, wenn man ein Arbeitsleben führt. Das stets klanglich geschickt gelogene *Guten Morgen*, mit dem sich Leute grüßen, die sich weder kennen noch mögen. Das schreckliche, aber *essenzielle* Gerede über Ballsport und die von der Natur täglich frisch bereitgestellten Umstände, genannt *das Wetter*. Der Gestank von Fleischwurst an Geburtstagen der Kollegen und der Zwang, selbigen Kollegen Fleischwurst und Brot zur Verfügung zu stellen, wenn man selbst Geburtstag erlitt. Heutzutage bekomme ich immer noch eine erhöhte Herzfrequenz und ein beklemmendes Gefühl in der Brust, wenn ich nur an Fleischwurst denke.

Ich machte einst dann die furchtbare Entdeckung, dass Bürokaufleute und überhaupt ein Großteil der Menschheit keine Seele haben können, und wurde hinter dem Rücken meiner Mitarbeiter *spirituell,* fing an, Gedanken der Einfachheit zu hegen und es bildete sich in mir der blasphemische Wunsch, diesen Gedanken nachzukommen. Es handelte sich um den rettenden Versuch, eine eigene Seele herauszubilden, um somit nicht vor der Welt erscheinen zu müssen, ohne einen Eindruck hinterlassen zu haben. Die Welt vielleicht sogar auf dreiste Weise geprägt zu haben, damit man sich an mich erinnern würde, wenn ich wieder aus ihr verschwände.

Ich blieb folgerichtig eines Morgens, beim Krähen des elektrischen Hahns, einfach liegen, lächelte ängstlich, aber doch selig und verharrte in Starre, bis mir eines Tages meine Kündigung ins Haus geschickt wurde. So einfach lässt sich das Leben ändern!

Eigentlich hab ich mich immer recht wohl gefühlt in diesem viereckigen Haus am Anfang der Straße.
Aus dem Haus ging ich nach dieser Zeit nur noch, *wenn es sein musste.*

Situationen des Müssens führen zu einer von drei Handlungsweisen:

- den Gang zum Kiosk vor der Tür, um Bier und/oder Tabak zu erwerben,
- den Gang zum Supermarkt um Bier und/oder Lebensmittel zu erwerben
- den Gang zum Arbeitsamt um sicher zu stellen, dass Gang 1 und Gang 2 zu den regulären Zeiten bewerkstelligt werden können.

Dieser Plan erfüllte mein Dasein ganz und gar, Gedanken an ein anderes Leben tauchten seit ein paar Jahren schon nicht mehr auf. Da ich mich auch stets vor den Turbulenzen etwaiger menschlicher Kontakte fürchtete, schien mir dies das Idealleben in dieser modernen Welt darzustellen. Ich hatte mich und die Bilder in meinem Kopf. Was braucht man mehr?

Man sagt, ich habe mir das Hirn weggesoffen. Kann schon sein, schließlich ist Trinken beinahe so etwas wie mein neuer Beruf, die Kunst, die ich ergriffen hatte, da ich in der Zeit nach meinem mäßig interessanten Arbeitsleben etwas Echteres, etwas Lebendigeres brauchte. Etwas, das sich mehr nach etwas Handfestem anfühlte – nur hatte ich nie etwas wirklich Interessantes gefunden. Das Trinken aber fand mich und zog einfach so bei mir ein, wie einem etwa eine Katze zuläuft. Das Trinken beflügelt mich, es lässt ganze Welten in meinem Kopf entstehen und alles was einem begegnet, wird oftmals selig, gar heilig. Ungeheure Bedeutsamkeit.

Es ist mir heute ganz und gar schleierhaft, wie ich jemals auf das Trinken hätte verzichten können, fühlt sich doch der Tag erst überhaupt dann wie etwas Erlebtes an, wenn man den Zwei-Bier-Zustand erreicht hat.

Freude empfinde ich keine mehr, und auch das hat, wie das Trinken, seine Gründe. Ich unterhalte mich nicht mehr. Das war einmal. Ich erkenne keinen Sinn in Unterhaltungen. Sprache hat für mich keine wirkliche Bedeutung, da sie das Wesen der Dinge nur sehr eingeschränkt beschreiben kann. Ich lebe in Eindrücken, Bildern und Zuständen, die mit Sprache nur verstümmelt wiedergegeben werden könnten. In der menschlichen Sprache liegt keinerlei Wunder verborgen, ebensowenig wie im Empfinden der Existenz selbst.
Die meisten Menschen können zudem nicht richtig reden, weil sie ja auch nicht wirklich richtig denken können, sondern stets mit ihrer Sprache, wie mit ihrem Handeln, ausschließlich *reagieren* wie eine konditionierte Laborratte, die ihren Käfig nie verlassen wird, auf

einen Reiz hin *reagiert*. Ihre Gespräche sind meist eher ein *Gespre-che*, welches lediglich die Zeiger der Uhr vorantreibt und ihnen die Illusion von Halt verschafft, damit sie sich nicht mit sich selbst beschäftigen müssen. Es ist also sinnfrei, mit Menschen zu sprechen, wenn man dies einmal erkannt hat. Man *tickt* schließlich auch nicht zusammen mit Uhren, obwohl auch dies nicht ganz richtig ist, da es ja unzählige Menschen gibt, die täglich zusammen mit dem Wecker erklingen. Ich erkenne keine Wahrheit in all den Schleiern, mit denen der Mensch sich umgibt, aber ich vermeide es, mich in ihnen zu verfangen, indem ich aufhöre, vor Angst vor all den Täuschungen wild herum zu zappeln.

Hätte ich mich noch unterhalten, dann hätte ich vielleicht jemanden gefragt, woher auf einmal das Arschloch kam, das riesengroß und mit deutlicher Selbstverständlichkeit von meiner Wand hervorlugte, als hätte es schon immer so dagehangen. Niemand hatte es dort angebracht und dann vergessen – so viel war klar. Und obgleich ich eineungeheure Abscheu empfand, sah ich es doch auch als etwas Echtes, etwas Einzigartiges an, obwohl ich mich zuerst über die Aufdringlichkeit dieser spontanen Präsenz empörte. Es erschien mir ganz einfach rotzfrech für etwas so prinzipiell Einfachem wie einem Arschloch an der Wand, so ungeheuer spontan zu inkarnieren, ohne irgendeine Art der Rechtfertigung oder Erklärung. Dies geschah am frühen Abend.

Ich tat, was ich immer tat: *Nichts*. Ich setzte mich vor die ungebetene Erscheinung und tat rein gar nichts. Es regte sich auch nichts in mir nach meiner anfänglichen Verwunderung, auch wenn ich eine leichte körperliche Vibration wahrnahm, die ich als Adrenalinausschüttung deutete. Ich beobachtete und machte mich zur Kamera der Welt, obgleich ich mir sicher war, dass niemand jemals auf dieses beobachtete Wissen zurückgreifen wollte.
So war ich – als einziger Mensch, der die Kunst des sich Nicht-Unterhaltens bei gleichsam teilnahmsloser Totalüberwachung beherrschte, einen Moment lang gefangen in einer emotionslosen

Ich tat, was ich
immer tat: Nichts.
Ich setzte mich vor die
ungebetene Erschei-
nung und tat rein
gar nichts.

Glückseligkeit, einer teilnahmslosen Teilhabe. Ich hatte etwas Echtes gefunden, und es gehörte mir ganz und gar. Es weckte in mir das Gefühl eines sakralen Erlebnisses. Und sogleich ich mich doch dabei erwischte, an der Erscheinung Anstoß zu nehmen, wusch ich meine Seele rein, mit einem weiteren Bier.

So saß ich dort. Ich war Hans im Glück, der König der Einfachheit. Und mein Klumpen Gold hatte zu mir gefunden. Da hing er an der Wand, groß, prächtig und glänzend. Ich fragte mich, was wohl als nächstes passieren würde und fühlte mich wie ein kleines Kind mit dem Schlüssel zum Spielzeugparadies.

Das Arschloch war groß und ledrig. Es hatte einen faszinierenden Farbschimmer zwischen Beige und Blassrosa, je nach Lichteinfall. Es vereinte Statik und Dynamik. Seine geschwungene Optik erinnerte an das Rad der Sonne, und gleichsam empfand ich ein Strahlen aus diesem Winkel des Zimmers, obwohl es im Gegensatz zu seinem eventuell fernen Verwandten am Horizont, der Sonne selbst, nicht allzu aufdringlich erschien. Es hing gen Westen, an der Wand, an der jemand anderes wohl seinen Fernseher aufgestellt hätte, und instinktiv – als hätte ich die Ankunft dieses Göttergeschenks bereits erwartet – hatte ich einst gegenüber einen Stuhl aufgestellt, auf dem ich meine Nachmittage mit dem aktiven Tun von Nichts zu verbringen pflegte. Nun, seitdem dieses *Absolut Echte* in meinem Haus Einzug gehalten hatte, wusste ich insgeheim, dass ich mein Leben lang wohl auf nichts anderes gewartet hatte. Das Arschloch zuckte, als ich diesen Gedanken hatte, so als würde es mir beipflichten.

Niemandem hätte ich es erzählen wollen, auch hätte mir niemand geglaubt, galt ich doch als ein harmloser Säufer. Es war ein wunderbares Gefühl, diesen Moment niemals mit jemandem teilen zu müssen.

Doch dann überkam mich mit einem Male eine große Panik und das Gefühl tiefer Sinnentleerung. Ich fing an, auf dem Stuhl hin und her zu rutschen, versuchte, das Arschloch an der Wand mit meinen Augen festzuhalten.

Was, wenn es wieder verschwinden würde? Müsste ich dann wieder anfangen, andere Dinge zu tun? Welche Motivation hätte ich dann noch, meine Nachmittage in Lustlosigkeit auf diesem Stuhl hier zu verbringen? Das Arschloch musste bleiben! Mein ganzes Seelenheil hing davon ab. Ich würde in tausend Stücke zerspringen, wäre es nicht mehr da. Ich befürchtete sogar, ich würde mir das Leben nehmen müssen, da es außerhalb der heiligen Faszination, in der ich mich befand, *kein reelles Dasein* mehr gab.

Bleibst du da? wollte ich das Arschloch fragen, aber die Worte kamen nicht über meine Lippen. Wie hätte ich ihm überhaupt erklären können, wie hochgradig erfreut ich war über seine plötzliche Ankunft in meinem Wohnzimmer? Ob es mich überhaupt verstand? Lebendig erschien es eindeutig – obwohl es sich eher dadurch auszeichnete, dass es nicht tot zu sein schien. Ein gleichmäßiges Bewegen, wie etwa bei einem atmenden Tier, vermochte ich nicht festzustellen, dennoch zog es sich hie und da kurz und ruckartig zusammen, als wenn es sich räusperte. Und dennoch blieb es hauptsächlich regungslos. Ich vermochte nicht zu bestimmen, ob bei ihm ein Bewusstsein vorlag, oder ob es eventuell den Automatismen der Menschen näherstünde.

So saß ich da und regte mich nicht. Hin und wieder nur nahm ich einen Schluck aus der Flasche. Ein paar Mal sprang ich auf und lief in Windeseile in die Küche, um mir noch ein Bier zu holen, und schnurstracks wieder zurück, da ich befürchtete, etwas zu verpassen oder vielmehr, das Arschloch beim Nichtstun nicht mehr beobachten zu können.

Der Abend dämmerte bald, und der Raum wurde nach und nach dunkler. Meine Decke holte ich mir aus dem Schlafzimmer, denn heute Nacht wollte ich hier sitzen und vor dem Arschloch Wache halten. Im Kühlschrank standen nur noch vier Flaschen Bier, eine viel zu berechenbare Anzahl, weswegen ich noch einmal kurz über die Straße vorm Haus zum Kiosk gehen musste. Eine kleine Horrorvorstellung, die mich erschaudern ließ. Aber es half nichts – ich musste gehen, ansonsten wäre ich auf der Stelle in leeren Ewigkeiten versunken.

Der Bart im Kioskfenster grüßte mich teilnahmslos. Ich nannte Tageszeit, Anzahl und Biermarke. Er setzte sich stöhnend und knarzend in Bewegung zum Kühlschrank, von dem er wenig später klimpernd und quietschend zurückkehrte. Mit dem zusammengeklaubten Gut an der Kasse angekommen, vibrierte er den Preis in die Luft, im stillen Wissen, dass dieser durch irgendeinen Winkel des Raumes auch in mein Ohr reflektiert würde. Ich zahlte und ging in Windeseile zu meinem Haus zurück.

Das Arschloch war noch da. Innerlich dankte ich ihm und ließ mich in den Stuhl gleiten. Dann öffnete ich ein Bier und starrte in seine Mitte, so wie man in manchen meditativen Disziplinen einen Punkt fokussiert. Es erschien mir ganz natürlich, dies zu tun, es war kein willkürlicher Akt, eher ein Geschehnis, das wie vorbestimmt geschah. Ich kam mir vor wie der Gläubige im Gottesdienst. So gebannt und wartend darauf, dass endlich etwas passieren würde. Dass jemand ein Lied anstimmen würde, dass jemand predigte – ja, dass jemand besessen aufschreien würde „*Halleluja!*". Es passierte nichts dergleichen. Die Stille nagte an mir und wurde schwer wie Blei.

Stunde um Stunde, Bier um Bier, Zigarette um Zigarette verging, nichts passierte. Das ganze Bier müsste bald geleert sein, so lautete meine inhärente Furcht. Und nichts hätte sich getan. Was würde ich dann tun? Schlafen gehen? Um am nächsten Morgen nichts als vergilbte Tapete an meiner Wohnzimmerwand vorzufinden? Das durfte niemals, *niemals* passieren! Ich sprang vom Stuhl auf und schrie das Arschloch an: „*Was bist du? Hast du eine Seele?!*"

Es passierte nichts. Rein gar nichts. Ich vergrub meinen Kopf zwischen den Beinen, war ich doch auf die Illusion hereingefallen, dieses Arschloch dort hätte so etwas Edles - *so etwas Göttliches* - wie ein Bewusstsein. Ich zitterte und fing leise an zu weinen. Lange Zeit verging auf diese Weise, meine Hose wurde tränennass und ich begann den nassen Stoff zu riechen.

Doch dann...

Ich vernahm ein entsetzliches Stöhnen, als würde neben mir eine Kreatur aus fremden Welten ihren letzten Atem aushauchen und fuhr hoch zum Punkt, den ich zuvor so genau ins Visier genommen hatte: Das Arschloch dehnte sich, es ergab sich der Blick auf eine metallisch schimmernde Fläche, die mit einem Male in seiner Mitte erstand und dann in einem unaufhaltsamen Tempo in Richtung meines Gesichtes erwuchs. Ich ließ mich vom Stuhl fallen, um der Intensität dieser Erscheinung zu entgehen. Ich fiel und knallte auf den Boden – dann gab es einen zweiten Knall. Als ich die Augen wieder öffnete, sah ich, dass neben mir ein *Akkordeon* lag.

Einen Moment brauchte ich, um mich zu beruhigen und einen zweiten, um wieder aufzustehen. Das Arschloch zuckte derweil, als ob es sich räusperte. Es hatte fast schon etwas Entschuldigendes an sich.

Ich entschuldigte nichts, trank sofort die ganze Flasche Bier leer und fast hätte ich die Zigarette gegessen, hätte ich nicht schnell genug Feuer gefunden.

Ein Akkordeon. Da lag es. Und ich bin nie musikalisch gewesen.

Von erstaunlichen Wundern, die mir das Arschloch an der Wand in so undurchschaubarer Dreistigkeit präsentierte

In der Künstlichkeit des Büros hatte ich mich stets sicher gefühlt. Ein seichtes Unbehagen jedoch ist der kleine Teufel auf der Schulter je-

Es war erstaunlich sauber dafür, dass es gerade aus einem Arschloch herausgekommen war.

des Büroangestellten in jeder auch noch so scheinbar sicheren Form von Büro. Eines von hundert Haaren bleibt stets aufgestellt, man ist unbewusst in Alarmbereitschaft. Das Büro ist gefährlich. Seine Versprechungen sind Einflüsterungen, denen der gemeine Automatenmensch nicht widerstehen kann. Es gibt für ihn nur eine Rettung: Die Automatenrente. Also ehrlich gesagt nur einen weiteren Automatismus, der den bisherigen Automatismus, den Status Quo, am Leben hält. Bis das Leben weg ist. Und das sogar garantiert. Von einem übergeordneten Automatismus oktroyiert.

Ein Akkordeon. Ich hatte noch nie ein echtes Akkordeon gesehen. Recht ungeschickt nahm ich es in die Hand. Es war erstaunlich sauber dafür, dass es gerade aus einem Arschloch herausgekommen war.

Während ich es so bediente, wie es mir mit meinen unmusikalischen Fingern beliebte, schaute etwas Spitzes, etwas Holzartiges aus dem Arschloch heraus. Ich realisierte es und holte mir bei meinem vertrauten Kühlschrank eine weitere Flasche Bier.

Ein Akkorden, so dachte ich beim Öffnen der Flasche. Hatte ich mir nicht als Kind schon immer gewünscht, ein Musikinstrument zu beherrschen? Was war das überhaupt, Musik? Ich weiß, dass Schall eine rhythmische Veränderung des Luftdrucks ist, aber was ist genau Musik? Warum hat sie die Macht, unsere Stimmung zu verändern? Was will das Arschloch von mir, wenn es mir ein Akkordeon gibt? Will es, dass ich lerne, es zu spielen? Soll ich verstehen, was Musik ist? Musik an sich?

Der spitze, holzartige Gegenstand ragte nun noch viel länger aus dem Arschloch heraus, aber es schauderte mich bei dem Gedanken, ihn anzufassen oder gar heraus zu ziehen. Das Arschloch war ohne mich zu fragen in meiner Wohnung aufgetaucht, aber trotzdem hieß das nicht, dass ich das Recht hätte, es zu irgendetwas zu zwingen. Ich nahm das Akkordeon so in die Hand, wie ich meinte, dass es zu halten wäre, und drückte es zusammen, betätigte ein paar Knöpfe und quetschte so auf die eine und andere Weise, ein paar unglückliche und ungeschickte Töne hervor. Mir schauderte es erneut. Ich war dieser Aufgabe nicht gewachsen. Dachte das Arschloch, dass ich jetzt meine Liebe zur Musik entdecken würde oder was?

Ja, dachte das Arschloch, oder wie hatte ich mir diese Geschehnisse zu erklären? Mit einem Male war da ein Arschloch an meiner Wand erschienen, aus welchem nun offensichtlich Gegenstände kamen. Von woher kamen diese Gegenstände? Wenn hier ein Arschloch, also die Hintertür eines Ergebnisses, eines Verdauungsprozesses am Werk wäre – gäbe es dann auch einen Verdauungsapparat? Wo wäre der – zwischen den Wänden etwa? Ist das Haus ein Lebewesen, das verdaut? Ich denke nicht, denn es macht keinen Sinn, dass die Produkte des Verdauungsprozesses hier abgelagert würden. Selbst eine Kuh weiß, dass man nicht dort scheißt, wo man isst. Auf die Dauer ist das kein Vorteil, da man sich selbst mit Abfällen belastet.
Ich hörte ein Geräusch neben mir und meinte, kurzzeitig ein langgezogenes *„Ach ja..."* gehört zu haben. Dann sah ich den Kochlöffel, der auf dem Boden lag. Ein ganz normaler Holzkochlöffel.

Ich hatte schon lange nicht mehr gekocht. Welchen Sinn machte Kochen in dieser Welt? Es gibt jegliches Gericht bereits fertig zu kaufen, warum sollte man sich eine Mühe machen, die keinerlei Wert zu tragen scheint? Ein Kochlöffel ist ein mittelalterlicher Gegenstand, der in Zeiten von industrieller Lebensmittelfertigung schlimmstenfalls noch einen Museumswert besitzt. Handbewegungen, die keinen Wert mehr tragen in einer Zeit, in der alles weitaus besser vom statistischen Mittelwert und einer der Wissenschaft unterjochten Genauigkeit kontrolliert wird. Linsensuppe in Dosen.

Großmutter ist seit Jahren tot, und mit ihr gingen ihre okkulten Geheimnisse des Kochens. Ihre Linsensuppe war generell als inferior zu betrachten, denn die industrielle Linsensuppe enthält ein genormtes Maß an Schweinebauch, und gerade die billigeren Versionen erhalten gemeinhin eine das Gewissen beruhigende Note in objektiven Warentests. Großmutters Wissen – Großmutters Schläue, vor dem Krieg auf dem Lande erworben, im Trommelwirbel des Krieges auf das Wichtigste zurechtgestutzt, in der Nachkriegszeit nur noch schemenhaft abgespult, bis da kamen Herzinfarkt und Schlaganfall, 20 weitere Jahre der Abspulung und letztlich ein kaltes, leeres *Nichts* ohne weitere Bedeutung. Ein paar Tränen und ein paar Fotos, um daran erinnert zu werden, dass diese Person vorhanden gewesen war. Die Wehmut, welche man empfindet, wenn man daran denkt, was mit ihr kam und was mit ihr verschwunden ist.

Der Tod ist etwas Reales. Der große Erzfeind von allem, was ist, und der große Tröster, für alle, die noch sind. Ihre Erzeugnisse werden verschwinden wie Großmutters Eintöpfe und dieser verdammte Holzkochlöffel. Der Meister des Universums steht irgendwo auf der Anhöhe eines Kometen und träumt sich einen Traum von einer Menschheit, die dem Vergehen geweiht ist und sich vorher mit Effekten wie Hornhaut und Haaren an der falschen Stelle herumplagen muss. Von Situationen im Supermarkt, wenn man sieht, wie die Großfamilien zentnerweise Zucker, Mehl und Fett auf das Fließband stemmen, in dem verzweifelten Versuch, erhalten zu bleiben und etwas darzustellen vor dem großen *Nichts*. Der Meister des Universums täte besser daran, sein Dasein zu beenden anstatt sich eine derartige Bosheit zu erträumen.

Mein Bier, mein Bier war wieder alle und der Kühlschrank stellte mir ein Ultimatum, das wie ein schlechter Kompromiss erschien. Die Tankstelle hat immer auf, aber bis dahin ist es ein langer Fußweg von fünf Minuten geradliniger Strecke, auf dem einen von toten Katzen bis hin zu Zuhältern alles begegnen kann. Ich fasste das Arschloch mit der Hand an, um seine Struktur zu erfühlen und mir selbst noch einmal zu bestätigen, dass es wirklich vorhanden war und ich mir diese Präsenz nicht nur einbildete. Ich fühlte, wie die Erkenntnis mich durchströmte, es sei wahr, und meine Knie dieser Emotion beinahe nicht standhielten. Von wegen Hirn weggesoffen! Mein Neurotransmitterhaushalt funktionierte offenbar noch einwandfrei. Ich wusste jetzt, dass ich mein ganzes Leben lang auf diese Nacht gewartet hatte. Ich beschloss, raschen Schrittes zur Tankstelle zu gehen, anschließend einen Brief an die Allgemeinheit zu verfassen und mir dann, in diesen freudigsten Stunden meines Lebens, auf irgendeine Weise selbiges auszuhauchen!

Draußen peitschte ein starker Wind einen groben Regen wie Gummikugeln in mein Gesicht. Ich spürte keine Kälte, was entweder an meiner Freude über die aktuellen Ereignisse oder an meiner Trunkenheit lag. *Einerlei! Tot sein!* Ich würde meine Kleidung nie wieder waschen müssen und war sehr froh darüber. Ich würde generell nichts mehr tun müssen, was den bitteren Beigeschmack des Menschlichen trägt. Die Gedanken über den Ekel des Menschlichen würden mein Gehirn nicht mehr belasten können, wenn es durch Strangulation von seiner ewigen Gier nach Sauerstoff erlöst würde.

Eine schöne Nacht um seinen letzten Atemzug zu tun und im Nichts Platz zu nehmen, zu zergehen im Mysterium, vor dem sich jedes Lebewesen Zeit seiner Existenz versteckt. Ich habe ein Rendezvous mit dem großen Feind, dem großen Schrecken, der uns nachts überfällt, vor dem aber niemand Angst haben muss, wenn er erkennt, dass jegliches Dasein nur ein Davonlaufen darstellt und das eigentliche Wesen des Seins eben im Nichtsein zu finden ist. Nicht mehr lange und ich würde zur Brausetablette des Weltalls werden, und etwas später schon ginge mich gar nichts mehr etwas an.

Dann kam der Zweifel. Ob ich richtig lag. Oder ob ich nicht sofort einen Notarzt kommen lassen sollte. *Aber, aber, aber* – der Zustand ist zu überzeugend, die Emotion zu real. Ich hatte mich noch nie so verliebt gefühlt wie heute. Verliebt in den Übergang zwischen den Welten. Ich würde jetzt so eine Art Astronaut werden. Ich hatte meine Berufung gefunden. Ich wurde nur geschaffen, um diesen

Übergang zu erleben. Was kümmerte es mich, was die Welt davon hielt. Ich spielte mit dem Gedanken, noch jemand anderen mit in diese Welt zu nehmen. Vielleicht die Frau in der Tankstelle, die mir mein Bier verkauft. Sie ist jung, schön und etwas dumm, das merkt man gleich. Sie würde sicherlich große Augen machen angesichts der *letzten Dinge*. Aber, sobald ich vor ihr stand, um zu bezahlen, griffen erneut meine Programmierungen aus sozialen Ängsten und ich brachte außer den notwendigen Standardhandlungen nichts Neues hervor.

Wieder in meiner Wohnung angekommen, musste ich ernsthaft laut lachen. Das Arschloch unternahm augenscheinlich ernsthafte Unternehmungen, um mich bestmöglich zu unterhalten. Vor meinen Augen lagen ein Hornhauthobel, eine Reihe bunter Eierschneider, ein Zugluftstopper in Form eines Dackels, mehrere Häkeldeckchen, ein eisernes Kreuz mit Eichenlaubkranz, eine unbekleidete Kleinkindpuppe, eine Packung Heringsfilet, Warentrennstäbe von der Supermarktkasse, eine Lederpeitsche und letzten Endes – ein blau schimmernder Revolver. Wie ein alter Freund lag er vor mir. Als hätten wir uns nach langer Zeit endlich wiedergefunden.

Von der Erfüllung meines Schicksals durch das Arschloch an der Wand, bei welchem ich mich hiermit recht herzlich für alles bedanke

Die Geburt der Gegenstände aus der Wand nahm kein Ende. Bald schon war ich ein großer Museumsdirektor für absurdeste Skurrilitäten. Ich kleidete mich in ein rotes Ballkleid und setzte mir einen deutschen Stahlhelm auf. Dies sind nun meine letzten Aufzeichnungen, adressiert an diejenigen, die es interessiert. Da die Welt da draußen mich sowieso für bescheuert hält, kann es mir auch egal sein, in welchem Zustand meine Leiche gefunden wird, wenn es denn nach der Nihilierung meines Universums überhaupt eine Leiche geben wird. Für mich jedenfalls wird es keine geben, ich werde nichts davon wissen können.

Ein Brief an die Allgemeinheit. Ich hole Papier und Stifte. Gibt es etwas, dass ich der Welt noch mitteilen möchte? Eigentlich nichts, was von Wichtigkeit wäre. Eigentlich gar nichts. Es gibt nur das Warten auf die Leere und eine möglichst unterhaltsame, kurzweilige Wartezeit, allgemein als das Leben bezeichnet. Aber wenn man die Konzepte physischer und psychischer Stimulation zu Zwecken des Glücksempfindens einmal verstanden hat, werden auch diese wertlos, wenn die eigene Mentalität nicht gerade der einer Laborratte entspricht. Steckt man einer solchen Ratte einen Draht ins Gehirn, an die Neurone des Belohnungszentrums, und gibt ihr dann Gelegenheit, sich darüber per Knopfdruck selbst zu stimulieren, wird sie Nahrung und Wasser vernachlässigen und sich glücklich drücken, bis sie tot ist. Ähnlich tun das die Menschen auch. Sie sind verrückt nach ihren glücksverheißenden Fetischen des Nichts, ihrem Verhalten und ihren Gegenständen. Nichts als Sein und Haben, umgeben von teilnahmslosem, desinteressiertem *Nichts*. Seitdem wir keinen Überlebenskampf mehr führen müssen, werden wir fett, weil wir zu viel fressen. Wir werden geisteskrank, weil Schimpansen jetzt Krawatten tragen und uns in Bezugnahme auf ihre Krawattenhaftigkeit noch effektiver Vorschriften machen können. Myriaden von Insassen warten in Psychiatrien rund um den Globus auf das Frühstück und nach dem Frühstück auf das Mittagessen und nach dem Mittagessen auf das Abendessen und die Pille, die vergessen lässt, dass man all das tut. Noch mehr Menschen vertiefen ihren Kopf und Hals in irgendwelche Medien auf der verzweifelten Suche nach sinnspendenden Lügen. Alles nur, um dem einzig Wahren zu entfliehen: *Langeweile-Einsicht. Der zweiköpfige Gott des Nichts.* Was sollte ich in meinem Abschiedsbrief an die Allgemeinheit schreiben? Ich schrieb groß und breit:

An die Allgemeinheit:

Nichts.

NICHTS!

Nichts!

NICHTS!

GRAH!

Anschließend spuckte ich vor Wut ein paar Schluck Bier in Richtung meiner Botschaft und wieherte dabei wie ein Pferd.

Das Arschloch gebar ein paar Kerzen. Ich zündete sie an und baute um ihren Schöpfer herum einen Altar in allen Farben des Regenbogens. Mit schwarzer Schrift schrieb ich an die Wand: *Seht her, all dies ist Schwindel.* Pathetisch und idiotisch, ich weiß. Lasst mir dieses restliche Neuronenfeuer aus Lustempfinden im Angesicht meines Abschiedes. Auch ich leide unter dem Zwang, mich gut fühlen zu müssen, überhaupt ein Gefühl zu haben, als biologisches Resultat von Wahrnehmung. Das Sein, diese großangelegte Verschwörung des universellen Chaos, ist der große Nötiger zum Zustand, dem nicht einmal erleuchtete Buddhisten entkommen können, wenn sie aufhören, ihr ersponnenes Karma zu erzeugen. Bald ist all dieser Wahnsinn vorbei, und es behelligt mich nicht mehr.

Ich werde einen Teller aus der Küche holen und das Heringsfilet darauf anrichten. Das Arschloch spendierte eine Flasche Champagner. Eigentlich hasse ich Fisch, aber ich werde es damit versuchen und die entstellte Meereskreatur im Zweifelsfalle mit viel Alkohol herunterspülen. Es ist Eile geboten, alles zu bewerkstelligen, bevor der biestige, kreisrunde Schrecken am Horizont auftaucht und alle Dinge erneut ins Dasein ruft. *„Lebt, lebt, lebt!"* Was für ein ekliges, forderndes und nötigendes Gestirn von der Mentalität einer Kindergärtnerin. Ich lobe mir den Mond, denn dieser macht kein Hehl daraus, dass er ein Lügner und Parasit ist, der anderen Sternen das Licht stiehlt, die sowieso genug davon haben. Ach, könnte ich doch das ganze sonnengeile Menschenpack mit ins Grab nehmen! Hätte ich die Möglichkeit, ich würde nicht zögern! Mir bleiben mit etwas Glück noch zwei Stunden.

Ich richtete mir ein Mahl an, wie ich es seit Jahren nicht mehr gesehen hatte. Der Verzehr des Fisches belastete meine Seele nicht so stark wie ich es erst befürchtet hatte, und doch aß ich ihn mit großer Vorsicht und gab mir Mühe, die Nase nicht allzu sehr an diesem Erlebnis teilhaben zu lassen. Ich hob mein Glas Champagner in Richtung des Arschlochs und dankte ihm innerlich für alles, was es für mich getan hatte. Das Arschloch zuckte, als wolle es anstoßen. So verharrte ich noch eine Weile auf meinem Stuhl, trank den Schaumwein mit hoher geschmacklicher Beachtung und befühlte den heimgekehrten alten, blau schimmernden Kameraden, der in meinem Schritt ruhend darauf wartete, für mich einen letzten freundschaftlichen Dienst zu verrichten.

Als die Flasche leer war, nötigte ich meinen Körper mit großer Anstrengung zu einem Toilettengang. Nach der Erschlaffung meiner Leiche will ich mit nichts als meinem eigenen Blut und Gehirn besudelt sein. Auch als Toter sollte man sich eine gewisse Ästhetik bewahren. Nachdem ich mich für den finalen Handlungsakt noch einmal gewaschen hatte, entdeckte ich, dass das Arschloch verschwunden war.

Nun gut. Es war gekommen, hatte vermittelt, was es vermitteln wollte, und verschwand, nachdem ich Gelegenheit hatte, meinen

Dank zu äußern. Der Altar erscheint nun leer, es fehlt etwas in seinem Zentrum, aber ich weiß genau, wie ich diesen Malus wieder ausgleichen und das Bild komplettieren kann. Nachdem ich diese Zeilen zu Ende gebracht habe, werde ich die erhaltenen Segnungen aus allen Winkeln des Raumes sammeln und versuchen, sie optisch sinnhaft um den Altar zu platzieren. Anschließend werde ich mich mit dem Stuhl rückwärts zur Wand positionieren und den *alten Freund* um einen letzten Gefallen bitten.

Fangt damit an, was ihr wollt.
Ich bereue *Nichts*. Gute Nacht allerseits.

Vom Ästheten

„Erlaubte Idiotie: Der Nihilismus ist eine Tatsache, die sich widerstandslos von den vielen Ignoranten und ihren verrückten Ideen einfärben lässt."

René Kornas

Ursula ist vierundfünzig Jahre alt, etwa anderthalb Meter groß und wiegt einundneunzig Kilogramm. Eine halbwegs unverbrauchte Frau, die dezentes Make-Up aus Gründen sozialer Konventionen trägt. Zudem schmückt sie sich mit einem sogenannten Mecki-Schnitt, mit dem sie als Frau ihres Alters fesch und jugendlich aussehen möchte. In ihrem Kopf pulsiert die Schlagermelodie, zu der sie gerade noch auf dem Straßenfest getanzt und geschunkelt hat, erneut auf der beschwipsten Suche nach einer männlichen Schulter zum Anschmiegen. Zu ihrem Leidwesen hat sie diese Schulter heute nicht gefunden, aber Ursula ist in dieser Hinsicht eine realistisch denkende Frau und empfindet dahingehend nur sehr wenig Frustration.

Ursula hat keine Ahnung davon, dass Victor sie nun schon seit drei Tagen beobachtet, und dass sie den Abend nicht überleben wird. Victor ist *Der Ästhet* und hat das Übel der Welt erkannt, *sein* Übel der Welt, *die Meerschweinfrauen.* Jene Art übergewichtiger Frauen mit dem nagetierartigen Gesichtsausdruck, unter denen Victor lange Zeit leiden musste, bis er diesen einen Weg fand, sich gegen sie zu wehren. Der radikalste, aber wirksamste aller Wege: der schöne und endgültige Mord. Und Ursula passt hervorragend in sein Beuteschema. Sie ist eine Vorzeige-Meerschweinfrau, denn sie hat nicht nur die erforderliche Statur und das passende Gesicht, sie hat auch die *nichtigen Interessen,* die letztlich dazu führen, dass Victor sie nicht als vollwertiges Individuum und vorzeigbares Exemplar der Gattung Mensch respektieren kann. Und dieser letzte Aspekt ist besonders wichtig, da er sozusagen den entscheidenden Knackpunkt in Victors Moralkodex darstellt. Kann man die Meerschweinfrau respektieren, dadurch dass sie etwas *Signifikantes* in die Welt trägt oder signifikante Dinge in derselben sucht, oder kann man die Meerschweinfrau nicht respektieren, weil ihre Orientierung in der Welt *nichtig und lächerlich* ist – selbstverständlich gemäß Victors Vorstellungen von dem, was man macht und dem, was man nicht macht. Victors Vorstellungen sind sehr ausgefeilt und speziell, dennoch puristisch. Er versteht sich als Künstler, der auf seine bescheidene Weise wie ein geheimer Architekt die Welt zu einem schöneren Ort macht. Und Ursula versteht sich als Aushilfe in einer Bäckerei, die sich in ihrer Freizeit für den lokalen Fußballverein, frühabendliches Lokalfernsehen und Howard Carpendale interessiert. Das alles hat Victor herausgefunden, und deswegen darf es in seiner Vorstellung von der Welt mit Ursula ab hier nicht weitergehen.

In diesem Moment, als Ursula in den Waldweg einbiegt, taucht Victor, mit einer eleganten Drehbewegung hinter einem Baum auf und lässt die dadurch entstandene Fliehkraft seinen Teleskopschlagstock ausfahren, den er heute als sein neues Arbeitsgerät zum ersten Mal benutzen wird. Es ist bereits früher Abend, und der Weg vom restlichen Tageslicht nur schwach ausgeleuchtet. Ursula marschiert langsam, aber beständig, und denkt daran, zu Hause eventuell noch ein zwei Gläser Wein zu trinken und den Abend vorm Fernseher ausklingen zu lassen. Bestimmt läuft eine interessante Polit-Talkshow, durch die sie etwas über aktuelle Geschehnisse lernen kann. Auch wenn sie nicht von dumpfen Rhythmen und Alkohol betäubt wäre, hätte sie kein Gefahrenbewusstsein, und ein zufälliges Geräusch würde sie keineswegs stutzig machen. In Ursulas Vorstellung von der Welt gibt es keine realen Gefahren, die *vor* und nicht *hinter* einem Bildschirm stattfinden.

Fünf Meter gibt Victor ihr noch, bevor er, einem Balletttänzer gleich, auf spitzen Sohlen geräuschlos, mit riesigen Schritten auf sie zugleitet und ihr – *Pitsch! Patsch!* – den Schlagstock mit weit ausgefahrenem Arm über den Schädel zieht. Ein dumpfer Aufprall auf dem Boden im Kies, als setze man einen schweren Sack Zement ab und nun – *eins, zwei, drei,* – insgesamt zehn Schläge zur Sicherheit auf den Kopf hinterher, um sicher zu gehen, dass dieses *Gespött des Universums* nirgendwo mehr sein Unwesen treiben kann. Victor atmet auf und lächelt zufrieden. Erneut hat er der Welt einen Dienst erwiesen, seinen Beitrag zu ihr geleistet und etwas Sinnvolles mit seiner Woche angefangen. Die Umgebung, in der er lebt, ist durch seine Tat ein klein wenig schöner geworden, auch wenn es nicht nur die vermehrt auftretenden Meerschweinfrauen sind, die diese Gegend durch ihr Auftreten und Wirken verschandeln. Aber das weiß Victor. Soll sich jemand anderes um die anderen Probleme kümmern. Er hat seine soziobiologische Nische gefunden. Nun aber ab nach Hause, in das viereckige Haus am Rande der Straße, in dem Victor seit nun etwa zehn Jahren lebt. Am Ende des Waldwegs begegnet er einer Katze, die er freundlich mit einer grußartigen Handbewegung ihrer Wege ziehen lässt. Katzen, ja, Victor liebt Katzen.

Wie ist es dazu gekommen, dass Victor zu seiner, nun ja, *Aktivität* fand? Nun, es begann mit der altbekannten Frage, was denn da anzufangen wäre mit dieser Existenz, die man sein Eigen nennt und als Substanz- und schwerelose Last, als stillen, scheinbar ewigen Begleiter mit sich herumträgt. Als Kind kannte Victor vielfältige Antworten auf diese Frage. Feuerwehrmann werden, weil Feuer gefährlich und verboten war. Weil es so reizvoll war, einer Flamme beim Verzehren der Dinge zuzuschauen. Sheriff oder Polizist werden, weil man dann, so dachte Victor als Kind, die Leute, die einen nerven, einfach erschießen dürfe. Zudem trägt man als Sheriff einen Hut und einen dekorativen Stern. Oder Jäger werden, dann dürfe man schießen und hätte immer leckeres Fleisch auf dem Teller. Oder Artist in einem Zirkus werden, denn dann könne man mit vielen gefährlichen Dingen hantieren und reise in der Welt herum, so dass man die Familie zu Hause nicht mehr sehen muss. Und hier haben wir schon zwei der möglichen Wurzeln für Victors heutiges Handeln, nämlich die Familie, in der er aufwuchs und die von dieser

Familie mitgelieferten Umstände. Die Tatsache, dass ihm viele Dinge, die Kindern Spaß machen, von dieser vergällt wurde.

Objektiv betrachtet hatte Victor eine Bilderbuchkindheit, wie sie gerne in Sonntagnachmittagsfilmen der öffentlich-rechtlichen Fernsehprogramme dargestellt wird. Er hatte ein großes, eigenes Zimmer, mit vielen Büchern und jeder Menge geheimnisvollen Spielsachen – die er allerdings nicht alle benutzen durfte, da man fürchtete, sie würden dadurch schmutzig oder gar beschädigt werden. Man kleidete ihn so wie man dachte, dass Kinder in seinem Alter auszusehen hätten: in karierte Hosen und Sandalen mit gestreiften Tennissocken und man schickte ihn auf die beste Schule der Stadt, um sicherzugehen, dass *etwas aus ihm würde*. Es gab eine Katze, ein schönes Porzellanservice und Sitzmöbel, garniert mit roten Rosenmustern auf weißem Untergrund. Ein Pferd im Garten, ein *Gutshof* oder ein kluger Schimpanse als Spielkamerad hätten noch gefehlt, um die typisch deutsche Fernsehfamilienvorstellung herzustellen. Dummerweise hatten Victors Eltern stets vergessen, all diese durch lange, mühevolle Arbeit erschaffenen Lebensumstände mit Victors Innenwelt auszuloten, zum Beispiel durch etwas so Einfachem wie dem Erfragen seiner persönlichen Meinungen. Genauer gesagt, hegte man überhaupt keine tiefer gehende, persönliche Bindung oder gar familiäre Emotionalität, eher ein beständiges Polieren und Instandhalten von nach außen vorzeigbaren Oberflächlichem. Kein herzliches Miteinander, sondern eher ein gegenseitiges Bestätigen der eigenen Intaktheit und Funktionalität, bei stetigem Beschwören, wie schön und perfekt alles sei und gleichsam kalter, barscher Sanktionierung, wenn die vorgegebenen Bahnen berührt oder gar verlassen wurden, man sich ergo *nicht* stets bemühte, ein *gutes Familienmitglied* zu sein. Das war so, da Victors Vater und Mutter aufgrund ihrer eigenen Kindheitserfahrungen mit drogenabhängigen und prügelnden Eltern gelernt hatten, die eigenen Gefühle zu verstecken und als unwichtig zu betrachten. Sie wollten es, wie es den Menschen so zu eigen ist, *besser machen* und erschufen dadurch einen ganz eigenen Horror: eine Symbiose aus sich von anderen Familien hochmütig abgrenzender Besserwisserei und gutbürgerlichem Stolz auf den optisch edlen Kitsch, den man im Laufe der Zeit so angehäuft hatte. Victors Eltern hätten wirklich herzlich gerne und für immer in einem Sonntagnachmittagsfilm der öffentlich-rechtlichen Sender Platz genommen, um mit einer fröhlichen, sonnengegerbten Uschi Glas auf einer blumenumrankten Veranda nicht ganz so starken Kaffee aus immer vollen Kaffeekannen zu trinken.

So lernte Victor erst sehr spät durch die Pubertät, dass er überhaupt eine eigene Meinung und eigene Gefühle hatte. Und seitdem er dies entdeckte und auch die ersten tapsigen Versuche unternahm, es auszuleben, hasste seine Familie ihn so sehr, dass sie ihn kurz nach seinem Schulabschluss vor die Tür setzte, nachdem er einige Male trotzig gewagt hatte, sich mit einer nicht-karierten Hose auf die rosengarnierte Garnitur zu setzen, was bei seiner Mutter Putzanfälle und Nervenzusammenbrüche auslöste.

Natürlich wird man durch diese Komponenten noch nicht zu einem Mörder. Aber sagen wir einmal, ein gewisser Grundstein zu künftigen Problematiken in der Zwischenmenschlichkeit wurde gelegt, der, wenn man ihn nicht entdeckt und versteht, Komplikationen nach sich ziehen kann. Und Victor sollte Jahre brauchen, bis ihm all das klar wurde, und zu diesem Zeitpunkt war der Punkt, an dem es kein Zurück mehr gibt, schon lange überschritten.

Die erste Meerschweinfrau in Victors Leben war übrigens seine Schwester Annegret. Nicht, dass sie als Meerschweinfrau geboren wurde, sie wuchs eher nach und nach in diese Form hinein. In der Schule hänselte man Annegret wegen ihres breiten, mondartigen Gesichts und bezeichnete sie als *die Bratpfanne*. Da Victor keinen positiven Bezug zu Annegret hatte, stimmte auch er hin und wieder in dieses Gelächter ein, jedoch nur heimlich, da er fürchtete, Annegret würde ihre Macht über ihn, die sie aufgrund der Tatsache besaß, dass sie zehn Jahre älter war als er, zu seinem Nachteil ausnutzen. Also noch mehr ausnutzen, als sie es ohnehin schon tat: Annegret benutzte Victor häufig für Botengänge, schickte ihn Pizza und Pommes für sie holen, oder das Taschengeld von den Großeltern, ohne ihn jemals in irgendeiner Form dafür zu belobigen oder gar zu entlohnen. Nicht einmal ein Geburtstagsgeschenk war ihr Bruder ihr wert, galt er doch als Schmutzfink der Familie, der alles, was er berührte, in unheilige Mitleidenschaft zog. Annegret hingegen verwandelte in den Augen der Eltern alles in Gold. Früher hatte sie stets eine normale Statur gehabt, bis sie an der Schilddrüse erkrankte und somit der Rest ihres Körpers zu versuchen begann, die Fülle ihres Gesichtes dadurch auszugleichen, dass Annegret nun insgesamt in die Breite ging. Dabei sollte es nicht bleiben. Auf dem Höhepunkt ihres Wildwuchses prägten sich bei Annegret zwei große, hängende Backentaschen im Gesicht aus. Victor befürchtete insgeheim, darin horte sie das Geld, dass sie in ihren zahlreichen Nebenjobs erwirtschaftete und den Eltern, die dieses verlangten, nicht abtreten wollte. Aber Annegret war eine große Moralistin und hätte für ihre Eltern ihr eigenes, massives Fleisch auf dem Wochenmarkt verkauft, für ein kleines Lob und einen Stolz-erfüllten Griff an die Schulter, welchen es selbstverständlich niemals gab. Annegret war anders als Victor. Sie wuchs in die vorgegebenen Regeln und Gesetzmäßigkeiten ihrer Eltern hinein, ohne diese jemals auch nur im Ansatz zu hinterfragen. Im Gegensatz zu Victor durfte sie sich seit jeher auf die Couch mit dem Rosenmuster setzen, da sie *alles richtig machte* und dadurch *ein liebes Mädchen* war.

Victor war anders. Er hatte eigene Träume und suchte stets Wege, diese Träume auszuleben. Er suchte gar keine Bestätigung bei anderen Leuten oder gar den Eltern, und das missfiel denen. Bei seinen Eltern ging das Ausleben eigener Lebensvorstellungen nur unter Vorsicht, Heimlichkeit und großem Ärger, wenn doch etwas ans Licht kam. Nachdem er dann mit zwanzig Jahren endlich sein eigenes Leben beginnen konnte, war sein Lustempfinden derart vom Rest der Welt entfernt, dass er zwangsläufig mit seiner gewonnenen Freiheit wieder unzufrieden werden musste. Dabei entwickelte sich sein Lustempfinden genau auf die Art, wie es bei allen Menschen der Fall ist. Der Spaß, den man eingangs im Leben sucht, ist rein spielerischer Natur und erhält mit der Zeit einen sexuellen Unterton. Prinzipiell sucht man sich mit der Zeit neue spielerische Aktivitäten, nur dass man nun verstärkt seine Genitalien in diese mit einbezieht. Victor war seit jeher in einem Freud'schen Zwiespalt gefangen. Auf der einen Seite erzog man ihn zur peniblen, durchaus pathologischen Reinlichkeit, aber seine Träume und die Stunden, die er unbeobachtet verbrachte, lockten ihn stets zu jeglicher Form von Besudelung. Und sein Genital trat im Laufe der Zeit immer häufiger in die Rolle des Protagonisten, was bei seiner Mutter, einer prüden Christin, heftige nervöse Attacken auslöste, sobald sie etwas bemerkte. Und Ihre Antennen waren zu seinem Leidwesen wie eine Hydra, der zwei neue Köpfe wuchsen, sobald man einen abschlug. Somit wurde Victor ein Spezialist für Heimlichkeiten aller Art und dem erfolgreichen Beseitigen seiner eigenen Spuren.

Insgeheim hoffte er für das Seelenheil seiner Schwester, diese möge ebenfalls einen solchen verborgenen Persönlichkeitsanteil haben. Die beobachtbare Tatsache ihres kriecherischen Gehorsams allerdings enttäuschte ihn immer wieder aufs Neue, und so glitt Victor nach und nach in den Zustand tiefster Verachtung für Annegret hinab. Ein willkommener Zustand, lieferte ihm doch diese dynamische Emotion eine neue Betrachtungsgrundlage für ihr eigennütziges Verhalten ihm gegenüber in all den vergangenen Jahren.

Man könnte nun denken, Victor hätte Annegret gegenüber eine Mordlust entwickelt, aber das ist nur zu Teilen richtig. Es war einmal wieder nicht der kausale Auslöser für ein Verhalten, lediglich ein weiterer symptomatischer Stein auf dem Weg in eine komplexe Verhaltenskarriere. Sobald Victor nach einigem Hin und Her unter Zuhilfenahme von Verwandten und Freunden ohne psychische Auffälligkeiten endlich seine erste eigene Wohnung in dem viereckigen Haus am Anfang der Straße bezogen hatte, war er dermaßen überglücklich und von vielen neuen Emotionen übermannt, dass er sein

Elternhaus im Geiste beiseiteschob, um das Neue zu genießen, es vollkommen wahrzunehmen. Annegret und ihre Rolle in seinem Leben sollte später durchaus zu seinem archetypischen Mordopfer beitragen, allerdings würde die Scheu, sich noch einmal mit seiner Familie auseinanderzusetzen, ihn für immer davon abhalten, sich Annegret auch nur auf wenige Meter zu nähern. Dies blieb allein seiner Fantasie vorbehalten, in der er sie nach Lust und Laune in ihre Einzelteile zerlegte und neu wieder zusammensetzte.

Nach dem Umzug war alles anders. Mit einem Male konnte er des Nachts in den Straßen marschieren und sich dabei vollkommen ohne Hast oder Verpflichtungen an den Sternen erfreuen. Er konnte mit einem Male ohne Ausreden bei Freunden übernachten, Veranstaltungen und Partys besuchen – alles Tätigkeiten, die seine Eltern als *asozial* abgestempelt hätten. Und, hätte er in Gegenwart von Frauen nicht immer dieses schummrige Gefühl im Magen gehabt, hätte er sich auch jederzeit eine Freundin zulegen können.

Vorrang hatte aber erst einmal die weltliche Karriere. Victor hatte den bestmöglichen Schulabschluss, den man in diesem Land erhalten kann, dennoch fehlte ihm zum absoluten Glück noch Ahnung und Orientierung, wie es jetzt weitergehen sollte. Victor kannte nicht viel von der Welt und wusste schon gar nichts über das, was man als Berufsleben bezeichnete. Dadurch, dass die Eltern ihm dieses immer als großes, aber notwendiges Leiden verkauft hatten – ein Leiden, zu dem man als *Mensch unter Gott* verpflichtet war – erschien Victor jede Art von Beruf stets durch den Blick auf die primär schlechten Dinge, die der entsprechende Beruf mit sich brachte. Und so viele Berufe kannte Victor gar nicht, er war nie viel in der Welt herumgekommen. Gerade einmal kannte er die umliegenden Nachbarstädte, und er hatte auch nie viel Zeit vor dem Fernseher verbracht, um dadurch wenigstens einen verzerrten Blick auf die Welt zu gewinnen. Seine Mutter war Schneiderin gewesen, und sein Vater Busfahrer. Annegret gab Nachhilfe, servierte bei McDonald's und half mal als Schreibkraft in einem Büro aus. Was gab es sonst für Berufe auf der Welt? Berufe, die nicht zu unrealistisch erschienen, um sie erreichen zu können? Es gab Bäcker, Metzger und Leute, die in Kaufhäusern Sachen an andere Leute verkaufen. Polizist, Feuerwehrmann und Artist waren Einfälle aus Kindertagen und deswegen für ihn nicht mehr ernst zu nehmen. Hinzu kam, dass er für die meisten dieser „klassischen" Berufsbilder aufgrund seines Schulabschlusses überqualifiziert war. Das Studieren erschien ihm durch die undurchdringliche Informationsflut der Universitäten wie ein großes Mysterium, das er allein nicht würde durchschauen können, und er wusste nicht so recht, wen er mit seinen Fragen ansprechen sollte. Auch war ihm diese Thematik durch seine Unwissenheit peinlich, und so traute er sich nicht recht, überhaupt mit irgendwem darüber zu reden. So entschied er sich letztlich dazu, sich vom Arbeitsamt beraten zu lassen. Dort machte er zuerst einen Fähigkeitstest, der letztlich ergab, dass Victor sich ideal für den Orgelbau oder für die Binnenschifffahrt eigne. Dies belustigte ihn zuerst, dann hielt er es für unrealistisch und lachhaft, und zuletzt widerte es ihn an und machte ihn rasend, denn mittlerweile hatte sich ganz schön viel Frust in ihm angestaut.

Nach dem Ende der Schule zog ein ganzes Jahr ins Land, ohne dass Victor außer dem verzweifelten Versuch, eine Orientierung zu finden, etwas zustande brachte. Seine Schulkameraden fingen an zu studieren und Ausbildungen zu machen, in Bereichen, die Victor erst im Nachhinein mit Erstaunen zur Kenntnis nahm. *So etwas machst du? So etwas gibt es?* Irgendwie wusste er, dass diese Welt mit dieser Art von Berufsvielfalt nicht für ihn gemacht war, denn er fühlte sich restlos überfordert damit. Jegliches Festlegen auf einen Bereich erschien ihm überdies als eine potentiell falsche und gefährliche Entscheidung, die man nicht wieder rückgängig machen konnte. Und Victor wollte nicht, wie seine Eltern, Zeit seines Lebens ein Kreuz tragen, nur weil *der Herrgott* einem das abverlangte.

So kam es, wie es kommen musste. Das Arbeitsamt steckte ihn in eine Maßnahme für schwierige Jugendliche, die aus dem einen oder anderen Grund nicht auf dem Arbeitsmarkt gelandet waren. Die Übriggebliebenen, die niemand haben wollte, der Bodensatz. Teils, weil sie keinen Schulabschluss gemacht hatten, weil sie gesellschaftliche Umgangsformen nicht beherrschten, aus schwierigen Familien kamen oder auch, weil ihr Äußeres einfach nur unangenehm erschien. Oftmals gute Kombinationen aus mehreren dieser Attribute. Durchweg ein Kuriositätenkabinett. Je nach Qualifikation waren sie im selben Gebäude auf zwei Etagen untergebracht: Unten waren die Leute mit oder ohne Hauptschulabschluss und lernten Banalitäten, wie zum Beispiel, dass Tampons kein Verhütungsmittel sind und wie man ein Kondom über eine Karotte zieht. Es gab auch einen Kurs im Einfädeln, wo man lernte, seine grundlegende Motorik zu kontrollieren und sinnvoll für alltägliche Tätigkeiten zu gebrauchen. Oben waren die Leute mit Realschulabschluss oder Abitur und übten die Grundrechenarten und wie man sich in Vorstellungsgesprächen zu geben hatte. Es handelte sich um eine private Einrichtung, die im Auftrag des Arbeitsamts versuchte, problematische Jugendliche in Praktika zu vermitteln, wo sie bestmöglich die Chance auf einen Ausbildungsplatz erhielten.

Geleitet wurde die Einrichtung von einer aggressiv-emanzipierten Meerschweinfrau namens Evelyn Holzmann-Gewalt, die nicht nur zwei verschiedenfarbige Augen besaß, sondern auch ein Herz für hässliche Mädchen, die von ihr konsequent bevorzugt wurden, egal, wie es um ihren Intellekt stand. Victor fand sich mit zehn weiteren, männlichen Bodensätzlern in einer Art Klassenraum vor, in dem sie Plus- und Minusrechnen auffrischten, dann Mal und Geteilt, und anschließend den Dreisatz wiederholten. Die Hälfte, einschließlich Victor, ging mit Ernsthaftigkeit an die Aufgaben heran, der Rest machte Tiergeräusche, gluckste über Genitalwitze oder malte mangels Internetzugang gelangweilt Penisse am Computer. Von denjenigen, die die Aufgaben bearbeiteten, waren drei nach kurzer Zeit fertig, eine Person benötigte die gesamte Unterrichtszeit ohne sinnvolles Ergebnis und eine andere weinte nach wenigen Minuten leise in sich hinein, *sie könne das nicht*. Victor sollte ein halbes Jahr unter diesen Umständen verbringen. Am Anfang waren seine Leistungen sehr gut und gegen Ende aufgrund der sich aufstauenden Frustration und durch die Idiotie der Umstände nur noch befriedigend. Jeden Tag wurde eine andere Person aus dem Klassenraum in Frau Holzmann-Gewalts Büro gerufen, um ihre allgemeine Motivation, eine Ausbildung zu finden, geradezurücken, und etwa alle zwei Wochen fand auch Victor sich auf ihrem Stuhl sitzend wieder, elegant, aber unaufdringlich gekleidet, wie er es auch in einem Vorstellungsgespräch getan hätte, was ihm aber von Frau Holzmann-Gewalt als *typisch männliche Angeberei* ausgelegt wurde, aber diese hatte wie schon gesagt, eher ein Faible für Damen mit zusammengewachsenen Augenbrauen, die in dieser *männlichen* Gesellschaft ja *ach so unterdrückt* werden.

Zu dieser Zeit entwickelte der chronisch unterforderte Victor einen Hang zur Farbe Schwarz und allem, was den meisten Menschen abstoßend und morbide vorkommen musste. Auch entdeckte er seine Liebe zur Philosophie und zur Kunst, die er in seinen freien Stunden durch das Internet auslebte. Andere Leute fingen an, ihn aufgrund der altklugen Art, mit der er redete und seine Kleiderfarbe als *Grufti* oder *Gothic* zu bezeichnen, was Victor erst missfiel, da er nicht in eine Kategorie gepresst werden wollte, andererseits verstand er es auch als einen Wink mit dem Zaunpfahl, eventuell in den Gefilden dieser Szene einmal nach einer gutaussehenden Frau mit Verstand Ausschau zu halten.

So wurde Victor Mitglied in einer Online-Singlebörse für das, was sich gemeinhin Gothic schimpft. Er legte sich ein Profil unter dem Namen *DerkleineVampir666* an, da der kleine Vampir eine literarische Figur für Kinder ist und Victor nicht ganz sicher war, wie ernst er diese Szene nehmen konnte. Er schoss ein paar Bilder von sich, auf denen er versuchte, Ernsthaftigkeit und Ironie miteinander zu verbinden, in dem er beispielsweise fragend eine Augenbraue hob, während er in die Kamera schaute. Anschließend bearbeitete er diese Fotos digital, gab sich Mühe, seine Pickel zu kaschieren, setzte die Bilder auf Schwarzweiß und erhöhte ihre Kontraste, so dass sie *möglichst düster* aussahen. Als er damit fertig war, benutzte er eine Suchfunktion um mithilfe seiner Postleitzahl einmal zu gucken, was für Leute aus seiner Umgebung dieses Verzeichnis nutzten.

Nun, wie ließen sie sich beschreiben, die Nutzer dieser Gothic-Singlebörse? Was Victor auf Anhieb verstand, so umfassten sie sämtliche sozialen Schichten und bezeichneten sich selbst als reichlich tolerant und unpolitisch, grenzten sich jedoch vom politisch rechten Lager ab. Ein Widerspruch, der allerdings nicht verwunderlich war, gehörte er doch heutzutage überall zum guten Ton. Wer schlau war und etwas auf sich hielt, hatte keine konservativen Werte zu vertreten, eine weitverbreitete Ansicht in der gesamten Gesellschaft. Verbreiteter noch als diese Form der Profilierung war jedoch hier die aktive Ablehnung und Verteufelung des Christentums und das Spiel mit okkulter Symbolik. Auch Anhänger diverser „satanischer" Spielarten waren darunter zu finden, die sich selbst als radikale Freidenker verstanden, jedoch oftmals nur die bereits genannten Punkte in ihren Aussagen über sich selbst abarbeiteten, um schließlich die Musikgruppen aufzuzählen, die ihnen am besten gefielen. Zwei Zitate wurden inflationär häufig von den Benutzern als Lieblingszitate angegeben. *„Gott ist tot."* von Friedrich Nietzsche und *„Zwei Dinge sind unendlich, das Universum und die menschliche Dummheit, aber bei dem Universum bin ich mir noch nicht ganz sicher."* von Albert Einstein.

Individualismus schien sich jeder in seinem Profil auf die eine oder andere Weise auf die Fahne schreiben zu wollen. Auf den Fotos trugen sie dann doch zumeist einen Kleidungsstil, der erahnen ließ, dass sich diverse Boutiquen und Versandhäuser mit dieser Szene befassten. Alle gaben sie sich kritisch und weltoffen, so dass Victor sich die Frage stellte, dass, wenn sie so *wären*, wie sie sich geben, warum dann dieselben Punkte so häufig erwähnt werden mussten.

Eine Menge Pubertät lag in den Profilen der jüngeren Mitglieder verborgen. Zumeist die Mädchen zogen verträumte oder von einem selbstinduzierten Weltschmerz verzerrte Gesichter, um offenbar zugleich von der Welt enttäuscht und attraktiv zu wirken. Eine Menge Dicke waren darunter, und in Victor keimte die Frage auf, ob diese sich diesem ganzen „Individualismus" nur hingaben, weil sie unter normalen Leuten abseits der Identifikationsmöglichkeiten dieser Szene sonst gehänselt würden. Auch schien sich niemands so wirklich für Rechtschreibung und Grammatik zu interessieren, und wenn doch, dann musste diese Person dies direkt als abgrenzenden Mechanismus anderen Leuten gegenüber in einem abwertenden Ton erwähnen. Frauen neigten zum ausgiebigen Fläzen und Räkeln auf irgendwelchen Liegemöbeln, und Männer gaben sich eher kühl bis aggressiv, zumindest wenn sie auf Frauen standen.

Die Auswahl an Mitgliedern in Victors unmittelbarer Wohngegend war recht niedrig. Dazu muss man wissen, dass Victor in einer unbedeutenden kleinen Stadt im Ruhrgebiet lebt. Eine von ehemaliger Größe durch Kohleabbau herabgestiegenen Gegend mit hohem Migrantenanteil, hoher Arbeitslosigkeit und einer generellen Orientierungslosigkeit, die ihresgleichen sucht. Keine Gegend, in der Glanz und Grazie ihr Zelt aufgeschlagen hätten, eher ein Lebensborn für Bierstände. Hier gab es viele seltsam geformte Menschen und vor allem Rentner. Wer etwas aus seinem Leben machen wollte, sah zu, dass er aus dem depressivem Grau dieser Umgebung verschwand. Natürlich blieb in Victor noch lange Zeit die Hoffnung bestehen, auch in dieser Stadt ein paar Blumen pflücken zu können, und diese Hoffnung trieb ihn bei der Durchforstung des wenigen an. Ein Profil nach dem anderen verwarf er, weil die Besitzer kaum schreiben konnten und sich aufgrund von ein wenig spezifischem Wissen, durch das Lesen von Büchern abseits der Masse, der Prahlerei hingaben.

Ein Foto jedoch machte ihn plötzlich stutzig. Ein rotbärtiger Mann mit einer blutigen Axt in der Hand und dem Pseudonym *Hell_Crus-*

her!83, der auf seiner Eingangsseite den Betrachter mit dem Motto *„Der Drang zu Tööten!!1 steigt"* begrüßte. Auf Seite 2 erkannte Victor darin den dicken Wolfgang aus seiner Maßnahme, der sich diesmal mit einer Dose Pils und einem Wikingerhelm hatte ablichten lassen. Ein stiller und ruhiger junger Mann, der sich mit niemandem unterhielt und stets als einer der ersten seine Aufgaben fertig hatte. Klug, aber verhalten, möchte man meinen. Eine prägnante Eigenschaft, die ihn allgemein unbeliebt machte, trug er jedoch stets mit sich herum: Er stank nach Schweiß wie die Pest. Er selbst schien dies jedoch nicht zu bemerken oder zumindest großzügig zu ignorieren. Einmal, an einem warmen Tag stellte ein Dozent eine Dose Deospray in die Toilette neben den Unterrichtsräumen und sagte zur versammelten Klasse: „Einer von euch stinkt und möchte doch bitte zum Wohle aller dieses Deo benutzen." Das Ergebnis war, dass sämtliche Mitglieder der Klasse, einschließlich Victor, das Deo benutzen. Alle bis auf den dicken Wolfgang, der offenbar das Problem an sich selbst nicht bemerkte oder großzügig ignorierte.

Hier suchte dieser Mensch nun nach einer Frau. Zumindest war dies in seinem Profil vermerkt. Die Kategorie „Interessen" hatte er bis zum Bersten mit einer Auflistung diverser Spielekonsolen angefüllt, ansonsten schien er sich ebenso reichlich fürHeavy Metal Bands zu begeistern. Die Frage danach, was ihm in einer Beziehung am wichtigsten sei, beantwortete er mit *„Becken zertrümmern!"*.

„Becken zertrümmern", das hatte Victor den dicken Wolfgang schon einmal murmeln hören, als dieser mit hochrotem Kopf aus Frau Holzmann-Gewalts Büro marschiert kam, nachdem er das Gebäude mit einem Bogen in der Hand und einem Köcher voll Pfeilen auf dem Rücken betreten hatte. Er wollte damit im Anschluss auf ein Mittelalter-Fest gehen, aber einige der Anwesenden hatten sich bei diesem Anblick unwohl gefühlt, was Wolfgang nicht ganz verstand. Frau Holzmann-Gewalt musste es ihm erklären und drohte mit Konsequenzen, sollte er ein solches Fehlverhalten erneut an den Tag legen. Da die Tür zum Büro offenstand, konnte man alles recht gut verstehen. Anschließend kam Wolfgang heraus, schloss die Tür hinter sich, ging zurück zur Gruppe, die gerade Pause machte und murmelte für den Rest der Pause kleinlaut in sich hinein, man solle ihr doch *das Becken zertrümmern* oder alternativ auch *den Brustkorb eintreten.* Der anwesende, betreuende Dozent tat erfolgreich so, als bekäme er es nicht mit.

Auf dem nächsten Foto trug Wolfgang irgendeine Art selbstgebastelter Maske im Gesicht, rot und schwarz bemalt, durch die er ungewollt komisch aussah, auch wenn er sich Mühe gab, so richtig finster dreinzublicken. Dabei hielt er eine von Nägeln durchsetze Holzkeule in der Hand, die den Anblick noch obskurer machte. Es war die Seite, auf der man frei etwas über sich selbst schreiben konnte. Wolfgang hatte hier ein paar Witze aufgeschrieben:

Was ist der Unterschied zwischen einer Totgeburt und einem Stein?
Die Totgeburt kann man vögeln.

Was tust du, nachdem du mit einer glatzköpfigen Frau geschlafen hast?
Du legst sie zurück in den Kinderwagen.

Wie dehnt man eine Dreijährige?
Mit der Geflügelschere.

Victor hatte jetzt einen Affen am dicken Wolfgang gefressen. Endlich mal etwas anderes unter diesen Profilen. Etwas durchaus Individuelles, das ihn auf eine morbide Art erheitern konnte. Gewiss, dieser Wolfgang war eine traurige Figur, aber es war doch das erste Profil, das Victor so richtig zum Lachen brachte und gleichzeitig nachdenklich stimmte, was denn mit Leuten wie ihm nicht stimmte. Ein Mangel an Liebe vielleicht? Das Hochhalten einer Künstlichkeit, einer Maskerade, weil man mit dem, was man hat im Leben, nicht weiter kommt? Alle Menschen versuchen mit dem, was sie haben, irgendwie klarzukommen und glücklich zu sein. Vielen gelingt das nicht. Victor war der festen Überzeugung, dass Wolfgang kein glücklicher Mensch sein konnte. Auch er suchte durch die Art, wie er sich hier gab, nach Menschen, die in irgendeiner Weise zu ihm standen und ihm das Gefühl verliehen, akzeptiert und anerkannt zu sein. Alle tun das. Menschen sind soziale Tiere.

Die abwertende Haltung, mit der Wolfgang sich gab, kaschierte etwas. Und vermutlich ließ er hier seinen Dampf ab, weil es ihm in dem, was die Leute *das Leben* nennen, ganz einfach nicht gelang. Er gab sich bei all seiner aggressiven Maskerade durchaus ehrlich und lebte dadurch seine Emotionen aus, was Victor sehr gefiel. Jedenfalls besser als die Räkelbilder der pubertierenden Mädchen.

Ein weiteres Profil war das von „ProblemChild", einem Mädchen aus der nahegelegenen Nachbarschaft, das stets mit stark schwarz geschminkten Augen, einem von Akne gezeichneten, gepudertem Gesicht und einer energischen Art über die Straße zu laufen pflegte. Victor wusste, dass sie oft dieselbe Straßenbahn benutzten. Sie saß stets auf demselben Platz und starrte mit angespanntem, manchmal angewidertem Blick aus dem Fenster, in den Ohren Kopfhörer, aus denen lautes, rhythmisches Kreischen und Knarzen zu vernehmen war.

Etwas Merkwürdiges lag in ihren Fotografien verborgen, etwas das Victor nicht gleich erkannte. Natürlich, sie war darauf hübscher als in der Realität, doch woran konnte das liegen? Die Fotos sahen verhältnismäßig unbearbeitet aus, und dennoch schien irgendetwas nicht zu stimmen. Letztlich dämmerte es ihm: Um ihre große Nase zu kaschieren, hatte sie ihr Gesicht ausschließlich von vorn ablichten lassen. Victor stellte sich kurz vor, er würde sie nicht vom Sehen her kennen, sondern hätte sie angeschrieben und sich mit ihr verabredet um dann, beim ersten Treffen auf dieses Detail zu stoßen. Höchstwahrscheinlich wäre er in diesem Moment an ihr vorbeigelaufen oder hätte direkt kehrtgemacht. Er war sich sicher, man sollte zu seinen Makeln stehen. Es gab weitaus Schlimmeres als eine große Nase. Zum Beispiel derartige Überraschungen. Aber so sind sie, die Frauen, dachte er sich. Immer auf der Suche nach eigenen Makeln, um solche schließlich zu finden und sie dann zu kaschieren.

Aus dem Profil ging hervor, dass sie einem langweiligen Job als Verkäuferin in einem örtlichen Discounter nachging und von einer Karriere als freischaffende Tätowiererin träumte. Ein wenig Begabung schien sie zu haben. Das Profil quoll jedenfalls über vor kitschigen Traumprinz-Zeichnungen und ebenso gearteten Sehnsucht-Gedichten. Auch jemand, der nicht glücklich geworden ist, schloss Victor daraus.

Er sah sich noch weitere Profile an, denn diese Szene faszinierte ihn, auch wenn ihm alles ein wenig übertrieben pathetisch vorkam, vor allem ihre Musik, bei der zumindest im deutschsprachigem Bereich vieles nach einfachem Schlager mit düsteren Inhalten klang.
Das Interessanteste jedoch war, dass, je weiter er sich von seiner eigenen Postleitzahl ins übrige Deutschland entfernte, die Leute weniger so wirkten, als hätten sie große Probleme, wenn man von pubertären Sorgen einmal absah. Es waren erschreckend normale Leute darunter, jedoch mit glücklicheren Gesichtern und auch ohne großartige Versuche, sich zu profilieren durch die Benutzung derselben düsteren Klischees.
Offensichtlich übte sich diese Szene als eine der wenigen überhaupt in Ästhetik als einem anzustrebenden Ideal, wobei sich einige wenige etwas geschickter dabei anstellten als der Rest. Was war es, was diese Leute so sehr von denen unterschied, bei denen es allzu erzwungen aussah und schnell ins Lächerliche abdriftete? War es Charisma? War es einfach nur das Glück oder ein gutes Bildbearbeitungsprogramm? Victor wusste es nicht. Er löschte seine eigenen Fotos wieder, weil sie ihm zu gestellt vorkamen und er den Eindruck hatte, er hätte zu viel hineingesteckt, was ihm gar nicht zu eigen war. Nach einiger Zeit des Nachdenkens, was er da gerade gesehen hatte, speziell von seinem näheren Umfeld, dieser krassen Anhäu-

fung sozialer Sonderfälle, überkam ihn ein gewaltiger Hass auf dieses ganze aufgesetzte Gehabe, und er beschloss einen Spaziergang zu machen um auf andere Gedanken zu kommen.

Als er die Wohnungstür öffnete, sah er, dass in die leere Wohnung neben ihm jemand Neues einzog. Ein hagerer, eingefallener Mann mit einem fettigen Vokuhila stand mit dem Rücken zu ihm in einem Lieferwagen und hantierte ungeschickt an einer Matratze herum. Victor ignorierte ihn und beschleunigte seinen Schritt.

Unterwegs auf dem Waldweg, auf dem er irgendwann Ursula töten sollte, dachte Victor über allerhand nach. Das Thema Individualität und der krankhafte Versuch der Leute, irgendeinen Platz in der Welt zu finden. Er gehörte ohne Zweifel dazu. Jeder gehörte dazu. Dieser seltsame Mann, den er gerade beim Auspacken seiner Möbel beobachtet hatte, mit Sicherheit ebenfalls. Was unterschied sie beide? Nun, Victor kam nicht drumherum, die Differenz ihrer Äußerlichkeiten wahrzunehmen, denn er kannte diesen Mann ja gar nicht. Alle unterliegen dem Drang, sich zu unterscheiden, gleichsam unterliegen sie dem Drang nach Kommunikation und nach Einbettung in ein soziales Gefüge. Diejenigen, die das Gesamtgefüge am stärksten zusammenhielten, die also die Grundlage für die gesamte Gesellschaft lieferten, sollten sich in ihren Vorstellungen von sich und der Welt kaum unterscheiden. Logischerweise durften sie sich selbst für nichts Besonderes nehmen, denn sonst müssten sie mit einem Male alles, was sie sind und tun, hinterfragen. Und die wenigen, die sich für besonders hielten und dennoch eine materiell hohe Existenz anstrebten? Müssten die nicht ein Doppelleben führen? Eines, in dem die eine Seite die andere mit dezenter Verachtung straft oder zumindest unter ihrer Notwendigkeit leidet? Ganz und gar von der eigenen Besonderheit leben – das schaffen wohl nur Künstler. Victor schwor sich, niemals in der Masse der Normalen unterzugehen. Komme was wolle, lieber wollte er sterben.

Diese Gothic-Szene stellte unzweifelhaft den Versuch dar, die eigene Person innerhalb dieser Gesellschaft zu erhöhen. Vermutlich war schwarz deswegen so beliebt, weil Individualität in dieser Gesellschaft ein Schattendasein fristete. Victor brauchte nur an seine Bewerbungsunterlagen zu denken, um zu erkennen, dass Individualität auf dem Arbeitsmarkt, den die Leute gemeinhin für *das Leben* zu halten schienen, in etwa so beliebt war wie eine Hakenkreuzfahne. Etwas, dass man besitzen darf, wovon man aber besser niemandem erzählt, um nicht strafende Blicke auf sich zu lenken. Den einen gelang es, ihre Individualität auszudrücken, ohne dass es unnatürlich wirkte, und andere scheiterten bei den kläglichen Versuchen, es zu tun, und fanden sich mit Ihresgleichen zusammen um wenigstens innerhalb ihrer Gruppe Bestätigung zu finden.

Bevor er es merkte, war er wieder nach Hause gegangen. Der neue Nachbar kam ihm im Zugang zur Haustür mit gesenktem Kopf entgegen und wäre beinahe in ihn hineingelaufen. Sichtlich erschreckt und von Peinlichkeit berührt schüttelte er unbeholfen Victors Hand und sagte: „Guten Tag! Mein Name ist Kurz, ich ziehe heute in diese Wohnung neben Ihnen." Ein unangenehmer Geruch umgab den hageren Mann, und in seinen Augen steckte viel Unsicherheit. Etwas, dass man Weltangst nennen könnte. Victor sah ihn mit ungerührter Miene an, überlegte kurz und sagte dann „Angenehm," zeigte in die Himmelsrichtung links vom Haus, „dort befindet sich der Straßenstrich, etwa zweihundert Meter dahinter ist ein Supermarkt." Dann drehte er seinen Arm in die Richtung rechts vorm Haus und sagte: „Und dort ist noch ein weiterer Supermarkt, dahinter die U-Bahn-Station. Ansonsten gibt es hier nichts. Viel Spaß bei der Jagd nach dem *Ticket nach draußen*." Anschließend ließ er die Hand des Mannes los und beeilte sich, hinter seine Wohnungstür zu kommen. Er schämte sich leicht, dass er launenbedingt diese Zusammenfassung der Situation abgegeben hatte. Aber er hatte ja Recht. Und es war klar: Dieser Herr Kurz kam ebenfalls mit der Welt nicht zurecht. Victor glaubte, der Unterschied zwischen ihnen beiden bestand darin, dass er selbst um diese Tatsache wusste und deswegen eine gewisse Handlungsfreiheit hatte.

In seinem Wohnzimmer angekommen, bemerkte er, dass dort ein Spiegel von der Wand gefallen war und nun zerbrochen auf dem Boden lag. Die freie Stelle gab den Blick auf ein etwa faustgroßes Loch im Putz frei, welches dort bereits bestand, als Victor die Wohnung bezogen hatte. Ein Schaden, den der Vormieter hinterlassen hatte, vermutlich beim Einschlagen eines Nagels und von dem Victor nicht wusste, wie man ihn professionell behob. Nun war er nicht mehr zu verdecken, denn einen anderen Spiegel oder ein anderes Bild besaß er nicht.

Was also tun? Ihm trat die Analogie dieses Geschehnis zu seinen heutigen Gedanken ins Bewusstsein und so beschloss er, diese Imperfektion seiner Wohnung mit ein wenig Arbeit in etwas Schönes zu verwandelt. Er würde diese Stelle bemalen und auf diesem Weg stilvoll von etwas Hässlichem in etwas Ästhetisches umwandeln. Er wusste nicht, woher die augenblickliche Idee kam, aber es war sofort beschlossene Sache. Diese Stelle war wie geschaffen für eine große, *schwarze Sonne*. Begeistert setzte er sich an seinen Computer und arbeitete einen Entwurf aus, der dazu geeignet war, mit wenigen Hilfsmitteln wie Bleistift und Zollstock auf die Wand übertragen zu werden.

Eine volle Woche arbeitete er an seinem Werk und ließ sich dazu von klassischer Musik begleiten. Die Sorgen des Alltags, die der tägliche Gang zur Maßnahme mit sich brachte, sowie die hässlichen Gesichter, die ihm draußen auf der Straße begegneten, vergaß er dabei völlig. Er versank während der Arbeit in einen tiefen meditativen Zustand und fühlte sich losgelöst von Zeit und Raum. Auch lange Zeit später noch sollte dieses Gefühl wieder einsetzen, sobald er sich auf das Symbol konzentrierte, mit dem er durch seine Arbeit daran verschmolzen war.

Am Montag nach der Fertigstellung fühlte er sich innerlich gereinigt und klar. Dies war der Tag, an dem er von Frau Holzmann-Gewalt das erste, ernstzunehmende Jobangebot erhielt. Zwei Wochen lang sollte er ein Praktikum beim lokalen Wasserversorgungsunternehmen absolvieren, mit der Aussicht auf eine Ausbildungsstelle zum Bürokaufmann. Victor hatte den Eindruck, dass es nun endlich in irgendeine Richtung voranging und empfand gleichermaßen Freude und eine leichte Furcht vor dem, was nun auf ihn zukommen würde. Zusammen mit einem Dozenten fertigte er eine Bewerbung an, oder besser gesagt, Victor ließ sich von diesem eine sehr oberflächliche Musterbewerbung ausdrucken, welche er nur noch zu unterschreiben brauchte. Anschließend stellten sie ihm noch ein Zeugnis aus, und am darauffolgenden Dienstag ging es auch schon los.

Man brachte ihn in der Abteilung Buchführung unter. Das kleine Büro beherbergte normalerweise drei Mitarbeiter: Herrn Buht, Herrn Göse und Frau Krebs. Frau Krebs war jedoch unpässlich, da sie ironischerweise durch die gleichnamige Krankheit an ein Bett gefesselt war und es fragwürdig erschien, ob man sie überhaupt wiedersehen würde. „Der eine kommt, der andere geht", sagte Herr Buht, der links neben Victor platziert war und Herr Göse krächzte von rechts: „Haben Sie schon erste Erfahrungen in Buchführung gemacht?" „Nein", erwiderte Victor, „aber fast ein halbes Jahr Plus und Minus und den Dreisatz wiederholt." Sie entschieden also, ihn erst einmal für die einfachsten Tätigkeiten einzusetzen. So tippte er wenige und einfache Buchungssätze am Computer ein und als er damit fertig war und sie ihm dreimal glaubhaft versichert hatten, dass nichts mehr für ihn im Augenblick zu tun war, stöberte er durch die Weiten des Internets.

Die zwei Wochen vergingen wie im Flug. Mit Buht unterhielt er sich hin und wieder über Philosophie und alternative Heilmethoden, und Göse gab ihm jede Menge guter Ratschläge für die kommende Ausbildung. Generell verstanden sie sich hervorragend. Jeden Tag kamen neue Kleinigkeiten an Arbeit hinzu und am Ende der vier-

zehn Tage fühlte sich Victor fast schon wie ein vollwertiger Bürokaufmann, was primär daran lag, dass er für die gute Arbeit, die er
leistete, zum ersten Mal in seinem Leben *Belobigung* erfuhr.

Anschließend kam das Vorstellungsgespräch. Victor war erstaunt
darüber, dass es sich um eine Gruppenvorstellung handelte, an dem
außer ihm auch noch vierzehn weitere Jugendliche teilnahmen, darunter auch ein paar Gesichter aus der Maßnahme, unter anderem
auch der dicke Wolfgang, der heute erstaunlicherweise wohl einmal
ein Bad genommen hatte. Sie wurden persönlich angesprochen und
mussten ein paar einzelne Fragen beantworten. „Was sind Ihre persönlichen Stärken?" fragte der Personalchef ein Mädchen, das jugendlich erschien, aber Kleidung trug, wie man sie sonst nur bei alten Leuten kennt. „Ich bin 25 Jahre alt, Mutter einer Tochter und
habe bereits zwei Jahre studiert." antwortete sie stolz. *Wieder so
eine Gurkentruppe*, dachte sich Victor, und war froh, dass er zu den
wenigen gehörte, die keine Fragen beantworten mussten. Alle be-
kamen einen Ausbildungsvertrag und wurden ihren zukünftigen Ab-
teilungen zugewiesen.

Hier begann der Anfang vom Ende. Victors Abteilung war das Rech-
nungswesen, und seine Ausbilderin eine hysterische Meerschwein-
dame namens Miriam Skrotzkowitz, die vielleicht drei Jahre älter
war als er selbst. An dieser Stelle reflektierte Victor zum ersten
Male darüber, was er denn genau gegen dicke Menschen einzuwen-
den hätte und kam zu dem Ergebnis, dass reines Dicksein kein wirk-
liches Problem darstellte. Dennoch bereitete es offenbar die Basis
für so manche Unannehmlichkeit. Weswegen dachte er überhaupt
so schrecklich häufig über dicke Menschen nach? Vermutlich, weil
sie in seinem Lebensbereich so schrecklich übermäßig auftraten,
dass es einfach auffallen musste.

Dicke Frauen sind für Männer, bis auf ein paar spezifische Sonderfälle, unter Alltagsumständen sexuell nicht attraktiv, da Dicksein im
aktuellen Zeitalter kein körperliches Ideal darstellt. Es gibt durchaus

Frauen, denen eine gewisse Körperfülle gut steht, jedoch sind auch diese Frauen innerhalb der Sphäre der Dicken in der Unterzahl. Den meisten Menschen steht es eben einfach nicht, und diese Ansicht ist weit verbreitet. Die Betroffenen selbst erfinden eine Handvoll Strategien, wie mit ihrem Dasein umzugehen ist. Davon wäre eine das Abnehmen, was eine sehr anstrengende Strategie darstellt und deswegen, obwohl sie oft gewählt wird, nur selten zu dauerhaftem Erfolg führt. Eine öffentlichkeitswirksam platzierte Strategie ist die des *stolzen* Dicken, der niemals müde wird zu betonen, wie stolz er doch auf sein Dicksein ist und dieses somit zu einem primären Charakterattribut hochstilisiert. Es ist eine Frage, ob diese Menschen wirklich glücklich sind oder nur mehr oder weniger so lang eine glückliche Person spielen, bis sie es selbst glauben. Und dann gibt es noch eine Strategie, die auch auf Miriam Skrotzkowitz zutraf: Unästhetisch dick und dabei kompetent sein. Dies könnte im Reich der Dicken einen kleinen Königsweg darstellen, da man innerhalb dieser Strategie nicht seine Körperlichkeit bewusst oder unbewusst in den Vordergrund stellt, sondern seine überragende *Arbeitsleistung*. Und Frau Skrotzkowitz war in allem überragend, nur nicht in sozialen Kompetenzen, da war ihr Stand der eines kleinen, quengelnden Mädchens.

Victor war erneut in einem Büro für drei Leute untergebracht, durch Miriams Körpermasse fühlte er sich regelrecht eingepfercht. Er sortierte Rechnungen des Vorjahres alphabetisch nach Firma und Datum. Eine Frau Fransen saß ihm gegenüber und tat Ähnliches. Miriam rotierte im Raum hin und her und sortierte Papiere zu Stapeln zusammen. Dabei redete sie, und zwar ununterbrochen. Thema Nummer eins war der gesundheitliche Zustand ihres *Papis*, offenbar war dieser nach einem Arbeitsunfall zum Invaliden geworden. Frau Fransen lächelte und sagte sehr oft „Ja" und „Hmhm", was Miriam als bestätigender Stimulus zu reichen schien.

„Heute Morgen ist er aufgestanden und konnte schon etwas Möhrchen essen. Er hat es ja wieder so mit dem Magen."

„Hmhm", raunte Frau Fransen.

„Wir würden ja so gerne mit dem Papi im Juli wieder zur Ostsee fahren."

„Ja."

„Da waren wir jetzt schon zwei Jahre nicht mehr. Aber das geht ja nur, wenn er wieder laufen kann. Der Arzt meinte, wir könnten es mal mit Akupunktur versuchen."

„Ja?"

„Aber Mami hat Angst vor Akupunktur, wegen der Nadeln. Ihr ist mal eine Nadel ins Stroh für die Pferde gefallen. Dann haben wir einen ganzen Nachmittag das Stroh nach der Nadel abgesucht, damit die Pferde es nicht fressen und dann sterben. Sie hat Angst, man könnte auch im Papi eine Nadel vergessen."

„Ach so?"

„Ja, und dann wird er vielleicht nie wieder gesund."

Victor fragte sich, wie Frau Fransen das aushielt, ob es ein spezielles Geheimnis gab oder ob es einfach daran lag, dass sie nur eine Halbtagskraft war. In seiner Phantasie blinkte über Frau Fransen ein Energiebalken, der im Tagesverlauf von 100 Prozent auf etwa 5 Prozent absank, mit jedem Fransen'schen Raunen eines „Hmhm" oder eines „Ja" um mehrere Promille. Sollte der Balken aufgebraucht sein, so würde der Fransen'sche Kopf einfach auf die ausgebreiteten Rechnungen fallen, und Miriam würde es vermutlich nicht einmal merken.

„Papi hat die Pferde doch immer so gerne besucht. Sie vermissen ihn bestimmt ganz dolle."

Um der Situation zu entfliehen, fing Victor an, übermäßig häufig zur Toilette zu gehen, um dort, hinter der sicher verschlossenen Tür, fünf Minuten einfach nur lautlos herumzustehen. Der Gedanke an Miriams riesenhaftes Hinterteil, wie es im Raum herumpendelte, verließ ihn dabei jedoch nicht.

„Am Samstag will ich mit der Mami in die Sauna."

„Hmhm."

Diese Frau Fransen konnte kein Mensch sein. Sie war irgendeine Art Maschine. So viel stand fest.

Victors beliebteste Arbeit war das Einscannen der Rechnungen im Scannerraum. Wenn der Stapel möglichst groß war, konnte der Prozess schon einmal gut zwei Stunden in Anspruch nehmen. Victor versuchte, die Zeit zu strecken, wie es nur möglich war. Hauptsache, er befand sich nicht in der Nähe von Miriam und ihren Papi-Sorgen. Ihre Stimme verfolgte ihn dabei bis in seine Träume. Eine Zeit lang waren sie besonders in den Morgenstunden sehr lebhaft und bescherten ihm klarste, plastische Bilder, die er niemals sehen wollte. Miriams grotesker Körper verschmolz darin nicht selten mit Elementen eines Pferdes, und ihre schrille, kleinmädchenhafte Stimme pfiff ihre sorgenvollen Vaterängste durch ein riesiges, gelbes Pferdegebiss, dass sich Victors Gesicht dabei dramatisch näherte. Der Ton, die Melodie, die grundlegende Vibration von Miriams Wesen verankerten sich als eine Grundangst in seiner Amygdala und sollten dazu führen, dass Victor jede Form von Lärm vermied, da es ihm so erschien, dass sich bei einer Mixtur vielfältiger Geräuschquellen, wie sie zum Beispiel häufig auf öffentlichen Plätzen entsteht, stets ein schriller Ton aus der Gesamtmenge heraushob und Victors Gehirn diesen als Miriams Sorgenfiepen interpretierte, was sofort kalten Schweiß und Gänsehaut auslöste.

Ein halbes Jahr später war Victor infolge eines Abteilungswechsels zwar von Miriam erlöst, nicht jedoch von den Erfahrungen, die dieses Erlebnis ihm aufgenötigt hatte. Wenn er mit Bekannten und Verwandten darüber sprach, was diese Zeit mit ihm gemacht hatte, so antworteten sie stets mit denselben Sätzen: „Nimm es nicht so ernst. Sei nicht so empfindlich. Mach dir nicht so viele Gedanken. So etwas wird dir immer wieder passieren." Als wolle man ihn hypnotisieren. Seine geheime Gedankenwelt erhielt dadurch unbewusst die verstärkende Bestätigung, dass ihre Verborgenheit in höchstem Maße gerechtfertigt war. Sein Empfinden und seine Andersartigkeit musste er vor der Welt verbergen, um keinem Schmerz und keiner Häme ausgesetzt zu sein. Er fühlte sich wie ein krankes Tier unter gesunden, leistungsstarken Funktionierern, das sich Mühe geben musste, seinen kränklichen Geruch vor den Nasen der anderen zu verbergen, um nicht gebissen zu werden. Die Folge war, dass ihn der Alltag weitaus mehr Energie kostete als anderen Menschen. Dabei entging ihm, dass er sich bereits ebenfalls eine Maske aus Künstlichkeit aufgesetzt hatte. Und es entging ihm auch, dass er unbewusst das religiöse Leitmotiv seiner Eltern als Einstellung zum Arbeitsleben vollends übernommen hatte. Victor konnte in diesem Leben mit dieser Programmierung kein Glück erfahren, da seine Einstellung zu den Dingen dies verhinderte. Je mehr Zeit verging, desto belangloser erschien ihm so ziemlich jede Tätigkeit, die anderen Freude bereitet hätte. Und bescherte ihm eine Tätigkeit kurzfristig einen Moment des Glücks, so reaktivierten sich schnell seine Verteidigungsmuster dagegen und relativierten diesen Moment an der Belanglosigkeit der Gesamtexistenz.

Als Kind hat jeder Mensch Glücksphantasien, die von Erlebnissen hoher Ekstase träumen und mit einem Gefühl ungeheuren Heimkehrens verbunden sind, das Urvertrauen. Das Gefühl, das einem suggeriert, dass die eigene Seele unbesiegbar, geradezu unzerstörbar ist. Auf dem Weg in die Lebensmechanismen der Erwachsenenwelt hatte Victor dieses Gefühl nicht nur vergessen, er hatte auch fatalerweise vergessen, dass es je in ihm vorhanden gewesen war. Eine Schuld seinerseits daran bestand nicht wirklich. Wie soll ein Gehirn das Streben nach Glück erlernen, wenn es in seinen Anfangsstadien, wenn es am lernfähigsten ist, ausschließlich über negative Verstärkung konditioniert wird? Wenn man es anschließend einer verfallenden Umwelt aussetzt, in der ein Dasein in Zufriedenheit nur in lächerlich überhöhtem Maße auf Bildschirmen transportiert wird? Victor entwickelte Zynismus als logischen Abwehrmechanismus und perfektionierte seinen Hang zur Sauberkeit und zu Perfektionismus derart, dass jede Abweichung davon ihn zutiefst erzürnte. Erneut hatte er unbewusst einen Mechanismus seiner Eltern übernommen.

Dann kam irgendwann der Tag, an dem Herr Kurz verschwand. Victor bemerkte beim Heimkommen, dass die Tür seines Nachbarn einen Spalt breit offen stand. Dieser Zustand hielt drei Tage an, und außer Victor störte sich niemand daran. Er aber hatte wirre Träume, in denen er den heruntergekommenen Herrn auf eine seltsam von den Dingen gelöste Weise ziellos durch die Nacht spazieren sah. Am Morgen des dritten Tages verständigte er die Polizei.

Herrn Kurz' Leiche fand man wenig später in einem dichten Gebüsch auf dem nahegelegenen Friedhof. Er hatte sich nach dem Genuss mehrerer Flaschen Wein dort hinbegeben und sich die Pulsadern aufgeschnitten. Beim Heraustragen seiner wenigen Habseligkeiten murmelte man im Hausflur, dies sei schon der zweite Selbstmord in diesem Haus und blickte dabei Richtung Victors Wohnungstür, der die Aktivitäten durch den Türspion beobachtete. „Der hier schneidet sich die Arme auf, der andere dort bläst sich den Kopf an die Wand. Schlechte Gegend."

Victors Poren öffneten sich für kalten Schweiß. Er ging in sein Wohnzimmer und starrte im Halbdunkel auf die schwarze Sonne an seiner Wand. *Hier verblich ein Leben*, dachte er sich. *Gewaltsam. Hier in diesem Raum.* Die Konfrontation mit dieser Erkenntnis überforderte seinen Emotionshaushalt gänzlich. Er erstarrte und verharrte einen Moment reglos, während er mehrere Eindrücke vor seinem geistigen Auge durchlebte. Kurzes Aufblitzen dessen, was hier vielleicht geschehen war. Schmutziges Blut, ein sackender Körper, Klirren von Metall. Schwere Stille. Eine grundlegende Besudelung, die niemals wieder zu reinigen war. Ein Körper, wohl anzunehmenderweise asymmetrisch und unperfekt, versehen mit einem irreparablen Loch der Hässlichkeit, das dem Leben verbot zu wirken. Ein irreparables, gewaltsames Loch, das klaffend die Mechanismen des Alltags verhöhnte und schauderhaft leer die Liebe und das Glück verlachte. Siehe her, so sieht es aus, was wirklich letztlich übrig bleibt. Hässlichkeit und Schmutz, die verzehrt werden von sau-

Victors Poren öffneten sich
für kalten Schweiß

gender Leere. Eine die Welt verlachende Wunde. Und genau jetzt war es geschehen. Der entscheidende Schalter war umgelegt, die fatale Synapse geknüpft. Jetzt wurde aus Victor *der Ästhet.* Ein unglückliches Zusammentreffen der Umstände, und er und die Masken, die er zu seinem Selbstschutz und ohne es erkannt zu haben erschaffen hatte, verschmolzen gewaltsam zu einer unauflösbaren Einheit.

Jeder Tag brachte ihm nun Hass auf das Unschöne, das Unperfekte. Im Grunde bestand dieser Hass aus einer Menge übersteigertem Selbsthass, weil Victor glaubte, aufgrund seiner Mängel mit der Welt nicht zurechtzukommen. Er tröstete sich mit dem pathologischen Gedanken, wenigstens als einziger in seinem Umkreis an seinen Mängeln zu arbeiten, doch das Resultat war, dass er sie dadurch eher pflegte und kultivierte und sie daran nur gediehen. Im gleichen Maße wie seine Labilität wuchs, wuchsen seine Abwehrmechanismen dagegen, so dass gewissermaßen eine Balance entstand, die es ihm weiter ermöglichte, als zivilisierter Mensch unter Menschen zu existieren, aber er war nur eine mittelschwere Katastrophe weit davon entfernt, diesem gewaltigen Hass auf die Welt nachzugeben. Und diese Katastrophe kam.

Victor bestand erst mit Bravour als Klassenbester das Ziel seiner Ausbildung und wurde infolgedessen vom Wasserversorgungsunternehmen direkt wieder entlassen, da man keine zusätzlichen Mitarbeiter benötigte und mit Ablauf der Ausbildung die staatliche Unterstützung des Unternehmens in dieser strukturschwachen Region auslief. Victor schämte sich, da er diese Niederlage auf sich bezog und zu diesem Zeitpunkt schon kaum mehr in der Lage war, Geschehnisse in seinem Leben objektiv zu betrachten, ohne sich selbst und sein vermeintliches Siechtum der Andersartigkeit als Verursacher zu sehen. Er beantragte Arbeitslosenunterstützung und zog eine Karriere als Alkoholiker in Betracht, die er jedoch nach wenigen Tagen aufgrund der wiederkehrenden Katererscheinungen abbrach.

Da saß er nun in seiner Wohnung, mit seinen sieben Unsicherheiten, und versuchte sich im Schreiben von Bewerbungen, einer ihm stets lästig gewesenen Tätigkeit, die er aufschob, wo es ihm möglich war.

Auf keine davon erhielt er eine Antwort. Vermutlich, weil sie zu hochgestochen formuliert waren, aber Victor schob es eher darauf, dass die Welt wusste, aus was für einem stinkenden Loch von Stadt er stammte. Dass die Personalchefs wussten, dass er einem minderbemitteltem, entstelltem Insekt glich, da er den Malus dieser Adresse mit sich führen musste.

Victor aus dem viereckigen Haus am Rande der Straße
Da wo die ganzen asozialen Untermenschen herkommen
666 Vorhof zur Hölle

Sein Wohnzimmer, oder besser gesagt den Raum des Todes hatte er fest verschlossen, und es war ihm absolut unangenehm, ihn zu betreten. Wie der zuckende Hinterleib einer trägen Stubenfliege hing dieser Raum an Victors Wohnung. Am liebsten hätte er die Tür zugemauert, nachdem er sämtlichen Menschenmüll aus der Umgebung dort hinein verfrachtet hätte. Alles zuschütten, dagegen pissen, Benzin drauf und dann anzünden. Miriams Schweinequieken genüsslich lauschen, während alles verbrennt.

Sein erstes Opfer spähte er im Supermarkt aus. Manche Leute lesen Supermarktprospekte wie man eine Zeitschrift oder ein Buch liest und begehen den Akt des Einkaufens als eine Art Freizeitbeschäftigung. Frau Wohlgemuth, eine Meerschweinfrau Anfang siebzig, liebte Wurstwaren über alles und schreckte auch nicht davor zurück, dieses Interesse frei und offen und vor allem lautstark zu verfolgen. „Fleischwurst is in Angebot!" schrie die Rentnerin einer Bekannten zu und belud sich damit selbst mit dem Fluch des Ästheten. Victor begegnete Frau Wohlgemuth jedes Mal, wenn er den Supermarkt betrat. Offenbar verbrachte die beleibte Dame einen Großteil

Ihrer Zeit dort. Stets verfolgte sie beim Einkauf einen ganz bestimmten Ablauf, welcher damit begann, dass sie Pfandflaschen in einen Pfandflaschenautomaten warf. Ein Pfandflaschenautomat ist eine relativ einfache und unkomplizierte Apparatur, die auch ein Schimpanse direkt durchschauen und ordnungsgemäß benutzen könnte, wenn Pfandgeld einen Handlungsanreiz für den betreffenden Schimpansen darstellen würde. Für Frau Wohlgemuths Dünkel war der Pfandflaschenautomat aber eine Erfindung *des Amerikaners*, der auch für das schlechte Wetter verantwortlich war, da er mit seinen Mondraketen die Wolken durcheinander brachte, also letztlich eine Erfindung des Teufels höchst selbst und viel zu kompliziert. Mit abfälligem Karacho schleuderte ihre mit Klimbimschmuck behängte Schweineschulter die einzelnen Flaschen in das dafür vorgesehene Loch. Nicht selten tat sie das zu schnell, und nicht seltener gab die Teufelsmaschine darüber den Geist auf. Sie war zu dumm, einen Pfandautomaten zu bedienen. Anschließend fuhr sie, schwer gestützt auf den Einkaufswagen, zum Zeitschriftenregal, um ihr Fachwissen über Adlige und Prominente aufzubessern. Kaufen tat sie davon nichts, nur alle 14 Tage eine Fernsehzeitung. „Die billigste", wie sie dazu gesagt hätte, hätte man sie darauf angesprochen. Anschließend belud sie sich mit Wurstwaren, die sie meist vorher schon aus dem aktuellen Angebotsheft herausgesucht und mit dem Kugelschreiber markiert hatte oder beschwerte sich lautstark, falls diese Wurstwaren bereits vergriffen waren. Ansonsten kaufte sie noch etwas Brot und ein dazu passendes Streichfett, um damit die Wurstwaren auf dem Brot festzukleben, hin und wieder auch eine Packung Klopapier.

Es vergingen keine drei Wochen, und Victor hatte all das über Frau Wohlgemuth herausgefunden, wusste auch, dass sie verwitwet war und derzeit allein in einem Mehrfamilienhaus lebte. Die Nachbarn waren zum Teil verstorben, eine andere Frau lebte noch weiter in einem Altenheim. Frau Wohlgemuth telefonierte einmal am Tag, zumeist abends mit ihrer Tochter, die ihr etwas über das Wetter erzählte und in welcher Reihenfolge sie welche Wäschestücke in die

Waschmaschine gesteckt hatte. Frau Wohlgemuth kommentierte dies mit sehr viel „Ja" und sah nebenbei fern.

Victors Entschluss war gefasst, als Frau Wohlgemuth sich darüber beschwerte, dass die angekündigte Salami mit Naturdarm und Edelschimmelbelag nicht mehr erhältlich war. Er besorgte sich in einem anderen Supermarkt eine solche Wurst, die wegen ihrer Länge und Härte einem Knüppel ähnlich sah, sowie eine Packung Einmalhandschuhe und eine Kochschürze. Zu Hause bereitete er einen Teller mit Mettbrötchen vor, den er anschließend in Alufolie hüllte und in eine große Tüte stellte.

Anschließend wartete er in der Nähe des Supermarkts darauf, dass Frau Wohlgemuth auftauchte, und folgte ihr in der Dämmerung unauffällig zu ihrer Wohnung. Die Rentnerin wohnte im ersten Stock. Kurz bevor die Haustür ins Schloss fiel, schlich Victor sich lautlos in den Hausflur und ließ die Tür dann normal ins Schloss fallen. Frau Wohlgemuth merkte diese kurze Verzögerung nicht, da sie mit den Gedanken längst bei Günther Jauch und *Wer wird Millionär?* war.

Im Hausflur holte Victor den Teller mit den Brötchen heraus, band sich die Schürze um und zog die Handschuhe an. Die Salami hatte er sich in die hintere Hosentasche gesteckt. Er schaltete das Licht im Flur an und ging mit gemächlichen Schritten die Treppe zu Frau Wohlgemuths Tür hinauf. Zweimal tief durchatmen, jetzt wird gemordet, dachte er sich. Dann klingelte er und klopfte zweimal kurz, als Zeichen, dass sie ihm nicht aufdrücken müsste. Es dauerte einen Moment, bis die ältere Dame auf ihrer Oberschale zur Tür gewatschelt kam. Victor setzte sich ein freundliches Lächeln auf, das er kurze Zeit vorher noch im Badezimmer eingeübt hatte.

„Guten Abend, Frau Wohlgemuth! Ich bin Peter, ihr neuer Nachbar von unten. Wir haben heute schon ein paar Möbelstücke hergebracht und aufgebaut und ein bisschen gefeiert. Ich wollte mich nur kurz vorstellen und Ihnen auch etwas von unseren Brötchen anbieten."

Die alte Dame wirkte hochgradig erfreut über die spontane Überraschung.

„Ach herrje, das habe ich ja gar nicht mitbekommen! Bin ich wohl zu lange einkaufen gewesen. Ja, das is aber nett von ihnen! In die Wohnung da unten, von der Frau Schmitt, ja? Die Ärmste hat ja so gelitten, am Ende. Is gut, dasses hinter sich hat!"

Sie öffnete die Tür und signalisierte Victor, dass er eintreten solle. „Watten se ma, junger Mann, ich hab mir grad Tee gemacht. Is ja selten, dass ich Besuch bekomme. Watten se mal, ich schenk ihnen auch einen ein. Geben se mal den Teller, den stelln wa da hin." Sie nahm Victor den Teller ab und stellte ihn auf den Wohnzimmertisch.

Als Frau Wohlgemuth sich umdrehen und in die Küche gehen wollte, schwang Victor die Salami in hohem Bogen und schlug sie ihr so fest er konnte gegen den Hinterkopf. Der Gesichtsausdruck der alten Frau verzog sich zu einem Erstaunen, als sei der Strom ausgefallen. Sie sagte „Na nu?" bevor Victor erneut mit der Wurst auf ihren Schädel eindrosch. Dann dreimal, ein viertes und ein fünftes Mal. Was hier passierte, verstand sie nicht. Doch schließlich sackte sie mit einem dumpfen Geräusch in sich zusammen wie ein Sack Reis und verstummte. Victor zog ihr die Salami noch drei- oder viermal kräftig durchs Gesicht, bis Blut aus ihrer Nase schoss, kniete sich neben sie auf den Boden, legte ihren Kopf nach hinten, öffnete dann ihren Kiefer und begann damit, ihr die Salami in den Hals zu schieben. Es war weitaus schwieriger, als er sich es vorgestellt hatte, also ging er an ihren Kühlschrank, fand eine Schachtel Margarine und fettete die Salami damit ein. Den Rest davon spachtelte er Frau Wohlgemuth einfach mit der Hand in den Rachen. Nach einer Viertelstunde mit viel Quetschen, Herumdrehen, Wegwischen von hochgepumpter Kotze, röchelnden Lauten und wenig Mithilfe von ihrer Seite her, hatte er die gut vierzig Zentimeter lange Wurst in ihre Speiseröhre implantiert und so die Blutzufuhr zu ihrem Gehirn unterbrochen. Frau Wohlgemuth selbst hatte von ihrer Ermordung gar nichts mitbekommen. Nach ihrem Zusammenbruch hatte sie noch kurz das Bild des freundlichen jungen Mannes mit den Mett- brötchen vor Augen, welches abglitt in eine Erscheinung von André Rieu, wie er fröhlich *Adieu mein kleiner Gardeoffizier* sang.

Unbekümmert ging Victor an das Barfach im Wohnzimmerschrank, fand dort eine angebrochene Flasche Kirschlikör und schenkte sich ein halbes Glas davon ein. Dann setzte er sich in den Sessel, be- trachtete die auf dem Boden befindliche Frau Wohlgemuth und dachte sich, *die Ärmste hat ja so gelitten. Ist gut, dass sie es hinter sich hat.* Und die Umgebung hat jetzt auch etwas davon. Bestimmt werden sich die Angestellten im Supermarkt darüber freuen, von dieser Kundin nicht mehr belästigt zu werden. Nur ihre Tochter wird jetzt jemanden anderen finden müssen, dem sie erzählen kann, wie das Wetter draußen ist und was sie in welcher Reihenfolge in der Waschmaschine gewaschen hat. Aber was soll's, wenn die Vorteile überwiegen, sind ein paar Nachteile in Kauf zu nehmen.

Victor spülte das Glas und stellte es wieder in den Schrank zurück. Ganz schön viel Kitsch, dachte er sich. Der kommt jetzt in einen Se- cond-Hand-Laden von der Caritas und landet dann bei einer ande- ren alten Frau in der Wohnung, die möglicherweise nicht so eine Belästigung darstellt.

Sein Blick fiel auf eine niedrige Kommode, auf der ein Foto stand. „Du hast aber eine ganz schön fette Enkelin, Frau Wohlgemuth," sagte Victor zu der Leiche, „und dann auch noch so ein widerlicher Überbiss. Die Leute hier sind echt alle irgendwie erbgeschädigt. Ich glaube, da muss ich auch mal nach dem Rechten schauen."

Er steckte das Foto in die innere Jackentasche, kam sich dabei vor wie ein Polizist, der Beweismittel sicherstellte, stellte den Teller mit den Mettbrötchen wieder in die Tüte und sagte dann in höflichem Ton: „Also dann, einen schönen Abend noch. Ich gehe jetzt. Tschüss!"

Als der Rausch der Tat nach einiger Zeit abgeklungen war, bemerkte Victor eine tiefgreifende Veränderung in sich, die so ziemlich jeden seiner Lebensbereiche betraf. Genauer gesagt, die Art wie er an die Dinge und Handlungen, die Notwendigkeiten des Alltags herantrat. Sein innerer Widerwille, mit dem er die meisten Sachen betrachtete, war verschwunden. Er verspürte keinen Drang mehr, sich an allem zu stoßen und zu reiben. Sein Energieaufwand normalisierte sich. Fast schon nebensächlich und angenehm wurden ihm die Bewerbungen, und langsam glaubte er auch wieder daran, einen Job finden zu können. Dann könnte er auch irgendwann die Stadt verlassen. Aber notwendigerweise müsste sich das auch noch nicht so schnell ändern. Eigentlich könnte er noch etwas bleiben und auf seine Weise der Stadt zu einem schöneren Bild verhelfen. Heimlich, still und leise. Victor wäre vielleicht ein guter Dekorateur geworden. Aber es ist auch gar nicht wichtig, was hätte sein oder hätte werden können, abseits einer simplen, kleinen aber signifikanten Tatsache, an der viele Menschen scheitern, die er aber für sich erreicht hatte: Victor war glücklich. Und etwas anderes wollen wir doch vom Leben nicht, oder?

Intermission:
VOODOO

In der versifften kleinen Dreckstadt, in der ich aufgewachsen bin, gab es einst eine sehr liebevoll afrikanisch ausstaffierte Cocktailbar, in die wir gerne gegangen sind. Der Philosoph, der Psychologe und der Magier: drei Perspektiven versammelt am selben Tresen, auf der sehnlichen Suche nach Entrückung, Verzückung und einer transzendierenden Kommunion. Unsere Gespräche waren dort legendär. Es war eine Zeit, die mir im Rückblick sehr wertvoll erscheint, auch gerade weil der Laden irgendwann vom Räderwerk der Zeit zermahlen wurde und diese einzigartige Situation dort nun nicht mehr erfahrbar und somit auch leider nicht mehr teilbar ist.

Dort gab es den Voodoo. Ein irgendwie mystisches Getränk, welches stark ritualisiert verzehrt wird, wie man es zum Beispiel auch mit Absinth zu tun pflegt.

Man gieße 2 cl Southern Comfort in ein vorher mit kochendem Wasser erhitztes, schmales Glas, welches sich mit der Handfläche vollständig abdecken lässt. So verdeckt wird das Glas nun geschüttelt und die Flüssigkeit anschließend angezündet, was in einer mäßigen blauen Flamme resultiert, die man, nachdem man sie kurz bewundert hat – *Feuer ist etwas Phantastisches!* – , mit der flachen Hand wieder ablöscht. Wenn man etwas ungeschickt ist, hat man sich an dieser Stelle nun die Hand verbrannt, wenn nicht, dann hat sich das Glas stattdessen mittels der erstaunlichen Physik an ihr festgesaugt.

Mit dem Geräusch eines „Plopp!" entfernt man nun das Glas von der Hand, trinkt es in einem Zuge aus und inhaliert anschließend den Geruch, indem man seinen Riechkolben in die Tiefen des Glases eintauchen lässt. Wenn Sie jetzt nicht an Magie glauben, dann kann Ihnen niemand mehr helfen!

Der Sträfling

Er war der letzte Überlebende von fünf Geschwistern. An diese Geschwister würde er sich jedoch nicht erinnern, außer an den gemeinsamen Geruch, den sie teilten. Ein paar Tage, nachdem er zum ersten Mal das Licht erblickte, bekam er einen groben Stiefeltritt und verlor dadurch sein rechtes Augenlicht. Man wirbelte ihn hoch durch die Luft, er landete hart auf dem Boden und rannte daraufhin einfach los, wohin die Pfoten ihn trugen. Hinaus, vor lauter Angst und wie blind gegen eine Wand, dann zwischen die Bäume, wo ihm ein Strauch ein Ohr durchriss. Der Kopf brannte ihm und war ein einziger Schmerz. Das Herz schlug ihm bis zum Hals. Es dauerte lange, bis er sich gefasst hatte, aber schnell wurde ihm klar, dass Mutter fort war und er sich allein würde durchschlagen müssen.

Landkarte und Gebiet waren für ihn identisch, einen großen Orientierungssinn hatte er nicht, denn er hatte die Welt nie von oben gesehen und niemand hatte ihm je Geschichten darüber erzählt. Nur eine Lektion hatte ihn das Leben über die Welt gelehrt. Dass man ihr nicht trauen dürfe. Dass sie gefährlich war und darauf lauerte, einem Schmerzen zu bereiten.

Abgebrannt und mit schmutzigem Fell zog er so durch die Lande, traf hin und wieder auf andere seiner Art, die ihn sogleich verjagten und ihm durch ihre Bisse klarmachten, dass man sich nicht in fremden Revieren herumtrieb. Noch mehr jedoch fürchtete er die Menschenkinder, denn sie waren flink und stellten ihm mit Stöcken und Steinen nach, vom unstillbaren Drang besessen, ihn festzuhalten, überall anzufassen und unter ihresgleichen herumzureichen.

Eins sollte er jedoch verstehen, und dieses Wissen sollte ihn für den Rest seines Lebens quälen: Im Gegensatz zu anderen seiner Art verstand er es, den Prozess, in dem er sich befand, zu betrachten, sich selbst davon zu trennen und so beinahe objektiv das Konzept dessen, was geschah, zu begreifen. Das war die dunkle Gabe, die der Stiefeltritt ihm anstatt des fehlenden Augenlichts hinterließ: die Innensicht. Irgendetwas in seinem Kopf hatte sich dadurch verändert. Er konnte nicht anders und blickte fortan mit Furcht auf seine Artgenossen, die das, was sie taten, ausschließlich am Instinkt ausrichteten. Er hatte eine kleine, wenn auch unausgereifte Vorstellung von Instinkten und stellte fest, dass sie der erste Handlungsimpuls waren, der die meisten Lebewesen steuerte, und er wusste auch, man müsse sich nicht dafür entscheiden. Man konnte sich dem auch verwehren und stattdessen etwas anderes tun.

Ein Jahr lang war er orientierungslos von einem Ort zum anderen gewandert, auf der Suche nach dem Gefühl, das ihm die Anwesenheit seiner Mutter und seiner längst vergessenen Geschwister gegeben hatte. Der vertraute Geruch, er hatte ihn längst vergessen, wusste aber noch, dass es ihn einst gegeben hatte. Eine alte Frau fand ihn unter ihrem Balkon kauernd, gab ihm Nahrung und eine Bezeichnung. Das erste Mal in seinem bisherigen Leben schlief er auf einem warmen Kissen, und es entstand in ihm die Vorstellung, dies sei das große Glück, und er würde es gegen alles, was sich ihm in den Weg stellen würde, verteidigen. Er wusste, dass dieses Glück nicht ewig dauern würde. Das Leben war gefährlich. Es lauerte darauf, einen zu packen und zu verschlingen, so wie man eine Maus auf dem Feld packt und verschlingt.

Die alte Frau strafte und schimpfte ihn, als er auf ihr Fenster sprang, um hinauszusehen und dabei die Vasen zerbrach. Er verstand nicht, was daran falsch sein sollte. Die Bezeichnung, die sie ihm gegeben hatte, wurde im Laufe der Zeit zu einem Schimpfwort, das laut und barsch durch die Luft geworfen wurde, sobald er etwas tat, das der alten Frau missfiel, deren System er nicht ganz durchschaute. Dennoch gab sie ihm täglich Nahrung und strich ihm aufmunternd über den Rücken. „Du wirst dich schon noch einfinden, armer Kerl", sagte sie dabei. Die Melodie ihrer Worte wirkte belohnend auf ihn, doch er befand sich in einer großen Unsicherheit. So ganz wie bei der

Mutter und den Geschwistern war diese Situation nicht. Nur annähernd gab dieses neue Leben die Behaglichkeit der ersten Tage zurück, und er wusste, dass es dabei würde bleiben müssen, wollte er nicht erneut alles verlieren.

Er blieb bei ihr für den Rest seines Lebens und sollte irgendwann, wie viele seiner Artgenossen, in hohem Alter an Nierenversagen sterben. *Der Tod* war etwas, das er aufgrund seiner Gabe ebenfalls begreifen sollte.

Eines Tages brachte die alte Dame eine Artgenossin mit. Er betrachtete sie erst argwöhnisch, fauchte und spuckte dabei, das aber auch nur aus Prinzip. In Wahrheit hatte er sie sofort ins Herz geschlossen und verstand nicht recht, warum sie in einem kleinen Raum leben musste und die Tür zu ihr nur zweimal täglich zur Vergabe von Nahrung geöffnet wurde. Hatte die alte Dame Angst, er würde sie angreifen?

Die alte Dame hatte andere Gründe. Die Artgenossin schien eine Art Behälter zu sein, in dem andere Artgenossen schlummerten, die nach und nach aus ihr heraus wollten und dabei quiekende Geräusche von sich gaben. Es waren vier an der Zahl, und alle waren sie schwarz wie die Nacht. Für ihn waren sie Eindringlinge und er fürchtete, sie würden das Ende der Welt einleiten.

Eines Morgens sollte die Tür offen bleiben und die flinken Gestalten sollten sich überall um ihn herum in seinen Raum ergießen. Er hasste das auf Anhieb und wünschte sich, sie würden verschwinden. Die Artgenossin, die sie hervorgebracht hatte, war von scheuer und dezenter Natur und traute sich nur vorsichtig tastend seinen Raum zu durchqueren, was er sehr zu schätzen wusste. Er ging auf sie zu und rieb seinen Kopf an ihr, um ihr zu beweisen, dass der von seinem Geruch durchsetze Raum keine Gefahr für sie darstelle. Fortan sollte sie seine Gefährtin sein.

Ihre Brut fing jedoch an, wie alle jungen Wesen Erfahrungen zu sammeln und spielerisch die Welt zu erkunden. Er war ihnen ausgeliefert, es gab keine Flucht vor ihnen. Überall lauerten sie ihm auf und trieben ihre Scherze mit ihm. Er schlug nach ihnen und fauchte sie warnend an, wofür die alte Dame ihn mit lauten Worten strafte.

Sie übten sich in ihren Impulsen, in ihren Aktionen und Reaktionen, die ihre jungen Körper ihnen diktierten und es widerte ihn an, da er der einzige war, der dieses Gesetz erkannte, es ihnen aber auf keinem Weg verständlich machen konnte, was er ebenfalls verstand und was ihn verbitterte.

Er entwickelte eine kleine, aber durchaus reale Vorstellung von Seelenlosigkeit und hatte mit einem Male Angst, er allein könnte die einzig wirklich real existente Person im Raum sein. Vielleicht waren die anderen, selbst die alte Frau, einfach nur kreisförmige Prozesse, die vor ihm abliefen, so wie die Kreaturen, die er einst fing, um seinen Hunger zu stillen. Eine kalte Schwärze packte ihn, so dass er fror. Das war das erste Mal, dass er an Ort und Stelle das Wasser nicht halten konnte, was seine Angst noch verstärkte, da die alte Frau ihn daraufhin quer durch die Wohnung jagte. Da er keine Worte besaß, sondern die Dinge nur durch Gefühle und grobe Bilder verstand, ließ ihn dieses Ereignis erneut den Kopfschmerz fühlen, den ihm einst der Stiefeltritt verpasst hatte.

Die quirligen Artgenossen, die anfangs klein und ungeschickt waren, wurden größer und in dem, was sie taten, berechenbarer. Sorgfältig studierte er ihre Verhaltensweisen und erkannte, dass jeder einzelne von ihnen eine ganz spezielle Rolle hatte und jeden Tag zur selben Zeit dasselbe tat und das mit sehr hoher Wahrscheinlichkeit, da die alte Dame, ihre gemeinsame, nährende Quelle, ebenfalls zuverlässig täglich dasselbe Verhalten in derselben Reihenfolge abspulte.

Er folgerte daraus, um in Ruhe gelassen zu werden, müsse er nichts anderes tun als sich neben ihren ganzen, sich teils überkreuzenden

Verhaltensbahnen aufzuhalten. Er versuchte es und erkannte, dass er Recht hatte und lebte fortan etwas zufriedener, auch wenn er ihrem allgegenwärtigen Geruch nicht ausweichen konnte. Der jedoch störte ihn nach einiger Zeit ebenfalls nicht mehr, was ihn durchaus wunderte, da er ihn immer noch wahrnahm, und er erkannte verwundert das Konzept *Gewöhnung*.

Dass seine Gefährtin ebenfalls zu den Musterabläufern gehörte, überspielte er großzügig, indem er sich in ihrer Anwesenheit ganz auf das schöne Gefühl, dass er dabei verspürte, konzentrierte.

Ihr greller, langgezogener Schrei, den sie eines Nachts ausstieß, bevor sie zusammensackte, sollte seine Idylle jedoch für immer zerreißen und sich ihm, wie der Stiefeltritt seiner Geburt, ins Gehirn fressen. Da war er, *der Tod*. Erst ein starker Schmerz, so grausam dass man schreien muss, und dann fliegt alle Kraft aus einem heraus und lässt ein leeres Fell zurück, dass wie eine fallengelassene Decke dem Boden so nah wie nur möglich kommt.

Die alte Frau eilte herbei, nahm die Gefährtin auf und schaffte sie weg, er sollte sie nicht wieder sehen, was er auf Anhieb wusste.

Der Tod, wie sah er aus? Es gab ein Geschehnis, das eintrat, einen Punkt ohne Wiederkehr, an dem kein Handeln etwas ändern konnte. Es gab etwas Letztes, eine Wahrheit, an der sich nicht rütteln ließ, und es konnte jederzeit zuschlagen und jeden treffen – vermutlich auch ihn. Das Leben lauerte auf den letzten Sprung, ihn zu vernichten.

Von einem Sessel aus beobachtete er einäugig die vom Schrei geweckte, verwirrt umher laufende Brut, die das Vorgefallene nicht begriff. Als er hinunterspringen wollte, bemerkte er, dass er erneut Wasser verloren hatte, aber die alte Frau sollte es ihm diesmal nicht übel nehmen, sie war mit dem Körper der Gefährtin beschäftigt.

Von einem Sessel
aus beobachtete er
einäugig die vom Schrei geweckte, verwirrt
umher laufende Brut, die das Vorgefallene nicht begriff.

Die Erkenntnis des Todes veränderte ihn, und doch konnte er nichts tun. Wie sollte er es auch jemandem mitteilen? Er sah in den folgenden Tagen, dass das einzige Resultat darin bestand, dass die Brut ihre Verhaltensbahnen änderte. Eine Bahn aus dem Gesamtgefüge war verschwunden, deswegen dehnten die anderen ihre eigenen Bahnen aus, und er geriet ihnen das eine und andere Mal in die Quere. Sobald sie ihm zu nahe kamen, teilte er scharfe Schläge und Bisse aus und jagte sie davon.

An Ort und Stelle, wo auch immer er sich befand, lief nun immer häufiger das gelbe Wasser aus ihm heraus, er konnte nichts dagegen tun, aber er wusste wohl, dass es mit seiner Angst verbunden war.

Um das kleine Stück Freiheit zu behalten, dass er hatte, musste er die Lücken in ihren Mustern finden um nicht mit ihnen aneinanderzugeraten. Es dauerte nicht lange, und er hatte verstanden, dass er damit selbst einem Muster folgte, was ihn zugleich deprimierte, aber auch unterhielt. Er hatte *Ironie* gelernt. Nur dass seinem Weg die immer wieder und immer häufiger auftauchenden gelben Flecken folgten, für welche die alte Dame ihn anschrie und jagte.

Im Laufe der Zeit verlor er ein Stück seiner Kraft und bemerkte es daran, dass ihm das Laufen und Springen nicht mehr so leichtfiel wie früher. Auch war einer der Artgenossen stärker als er geworden und ließ sich nicht mehr so häufig vertreiben, wenn er ihm in den Weg trat. Er realisierte, dass ihm etwas Ähnliches widerfahren würde wie seiner Gefährtin, nur dass es bei ihm nicht so plötzlich passieren würde. Es schlich sich langsam an und würde ihn im Laufe der Zeit langsam aussaugen, bis die Schlaffheit ihn zuletzt übermannen würde. Mit einiger Schadenfreude stellte er fest, dass dieser dezente, aber sichtbare Sog sich auch schon an die Fährte der anderen geheftet hatte.

Der Traumwanderer

Es ist seltsam, in den Träumen anderer Leute vorzukommen. Es verrät einem manchmal, welche Rolle man in ihrem Leben spielt oder dass man überhaupt eine Rolle einnimmt, und diese Erkenntnis kann einen auf vielfältige Weise berühren. Seltsam verworrene Wesen sind wir. Wesen mit Gehirnen, die eine Art Bewusstsein erzeugen, wie eine Drüse ein Sekret erzeugt. Gehirne, die von Gehirnen träumen. Und dies ist nur eine Seite der Medaille. Eine Sicht auf die Dinge, die wir nur deswegen so wahrnehmen, weil wir immer nach Ursachen und Wirkungen suchen. Im Prinzip wissen wir jedoch gar nichts. Auch das Märchen vom Gehirn ist nichts als eine starre Idee, die dem freien Traum verbietet zu fließen.

Ich kann fliegen. Ganz ehrlich. Es ist nicht schwer, ich zeige es dir: Stell dich einfach normal hin und erzeuge das Gefühl, das du verspürst, wenn du mit einem Fahrstuhl nach oben fährst. Manchmal fliegt man etwas schwerfälliger und braucht dazu Bewegungen, wie beim Schwimmen, um sich durch die Luft zu bewegen. Aber im Regelfall reicht reine Absicht, um eine Richtung anzusteuern. Es ist schön, mal wieder etwas reisen zu können. Und das Beste ist, dass man das Gleiche besuchen kann, ohne dass es dasselbe ist. Es liegt ein ungemeiner Trost in der Beständigkeit des Wandels. Die Dinge verändern ihre Form, verweilen nie lange, verändern sich stets fort in neue Impulse, die als angenehmen Nebeneffekt im Laufe der Zeit ein süßes Vergessen erzeugen. Versuche nicht, etwas festzuhalten, es erzeugt nur Leid.

Ich lande auf ihrem Balkon, gehe in ihre Wohnung und weiß dabei, dass sie schon lange verstorben ist. Das ist nicht verkehrt, ich weiß es, obwohl es mich einen Moment lang verwundert. Sie sitzt dort wie selbstverständlich und hat gerade ihren Fernseher eingeschaltet. Es laufen diese Sendungen, wo sie zeigen, wie Tiere und Zooangestellte in friedlicher Symbiose leben, untermalt von einer Art un-

schuldiger Vorschulmusik. Ich sehe nach, ob sie den Herd ausge-
schaltet hat, denn sie kann ja nicht mehr sehen. Das Alter hat sie
ohne Gnade behandelt. Etwas fällt im Hinterzimmer um. Ein dump-
fes Geräusch, dann scheint etwas über den Boden zu rollen. Wir er-
schrecken beide, und sie bittet mich darum, doch einmal nachzuse-
hen, was passiert ist.

Ich schleiche, fließe um die Ecke an der alten Tapete entlang, erstre-
cke meinen Willen zur Hinterzimmertür. Hier hat Opa früher seine
Zigaretten geraucht und den Raum dabei in blauen Nebel gehüllt, in
dem sich Figuren erkennen ließen, wenn man es wollte. Die Türklin-
ke hat vor hundert Jahren beim Streichen Lackspritzer abbekom-
men, die mich grüßen, als wären wir alte Bekannte. Ich öffne die
Tür vorsichtig.

Das Fenster ist gekippt. Vor mir liegt eine mir unbekannte alte Frau,
die nur durch den schmalen Spalt des Fensters geklettert sein kann.
In ihrem Blick liegt eine flehende Verzweiflung, und ich weiß, sie
will meine Hand ergreifen. Blitzartig entzieht sie mir einen Teil meiner Lebenskraft, ich weiche zurück. Ich kenne sie nicht, sie soll verschwinden. Es ist kein anderer Traumwanderer, sondern ein Abbild
meiner eigenen Angst. Blut sickert kranzförmig aus ihrem Schädel
heraus und tropft auf den Boden. Das Alter, die Hilflosigkeit, das
Verelenden-Müssen und Verelenden Lassen. Ich verneine diesen
Anblick und flüchte durch die Wand hinter mir in die Schwärze des
Vergessens. Dort schüttele ich ihn ab, den schrecklichen Anblick,
wie ein Hund sich nach einem Bad schüttelt, und sammle meine Essenz, um danach langsam wieder zu ihr zurückzukehren.

Wenig später finde ich mich dann vor ihrem Haus wieder und sehe,
wie Rauch aus dem Fenster quillt. Feuer! Ich eile und eile und weiß,
dass ich doch nicht helfen kann. Da sitzt sie nun, neben einer zer-
platzten Wand, und hat das Gesicht verbrannt. Traurig sehen mich
ihre alten, blinden Augen an, sich entschuldigend für das, was passiert ist. Ich weiß, was geschehen ist, ohne dass sie es aussprechen

Es ist kein anderer
Traumwanderer sondern ein
Abbild meiner eigenen

Angst.

muss. Sie hat den Herd angelassen, es nicht sehen können und versehentlich eine Spraydose erhitzt, die der Nachbar achtlos dort hingestellt hat. Niemand war da, um sie vor sich selbst zu schützen. Keiner war dort, weil wir nicht alles kontrollieren können. Es geht einfach nicht. Aber, aber, das wird schon wieder! Es tut mir Leid für sie, dass ich ihre Vorstellung von ihrem Leben bei aller Mühe nicht so unterstützen konnte wie sie es sich gewünscht hatte. Sie weiß das. Sie hat es eingesehen. Die Toten können einem in den Kopf schauen und wissen, was darin vorgeht. Sie verstehen, warum man ist, wie man ist und das tut, was man tut. Alles ist gut. Der Eindruck zerfällt und löst sich auf zugunsten eines neuen Szenarios.

Die alte Zugbrücke, auf dem Weg zum Zoo. Dort stehen wir, sie und ich, und hinter uns befindet sich eine Art Villa, ein großes, weißes Haus mit zwei marmornen Säulen davor. Sie geht uns einen Kaffee machen, sagt sie und verschwindet in diesem Haus, als ob sie das seit Anbeginn der Zeit so täte. Sie ist wieder verjüngt und voller Kraft. Das Elend des Alters ist abgefallen, und ich bin darüber vergnügt.

Vor mir ist die breite Straße die in den Norden der Stadt führt, sich aber jetzt in einen Fluss verwandelt hat. Ein schweres Schiff fährt unter der Brücke hindurch und kommt auf meiner Seite gemächlich wieder heraus. Eine große, übergroße alte Yacht, mit Farben, die früher einmal von Glanz gezeugt haben müssen. Die Matrosen an Deck sind aufgeregt und laufen wild durcheinander. Etwas stimmt nicht. So schnell, wie es auftauchte, so schnell versinkt das Schiff nun in einer einzigen, gleichmäßigen Bewegung in den Fluten. Ich bange um das Leben der Matrosen und suche mein Telefon, um den Notruf zu rufen. Der Notruf ist dafür nicht zuständig, sagt eine vertraute Stimme hinter mir. „Wir kümmern uns darum, wir rufen direkt bei der Hafenbehörde an."

Wenig später ist das Schiff vollständig versunken, das Wasser hat sich beruhigt, der Fluss fließt wieder gleichmäßig, als wäre nie etwas passiert. Nichts wird es wieder an die Oberfläche bringen. Niemals. Das ist sicher. Aber schön, dass sie trotzdem noch da ist und für uns Kaffee macht. Das klingt nicht wie eine leere Versprechung. Es heißt, dass sie da ist und bleibt. Ein Wesen, eingeschlossen in anderen Wesen. Abgeschieden vom Lärm des Alltags ist da immer die Sicherheit, dass in uns noch jemand ist, der auf uns aufpasst, auch wenn wir das nicht sehen und nicht hören wollen. Lang leben die Toten. Ehrt die Toten! In meinem Bauch wächst eine Form von Zufriedenheit. Angekommen sein bedeutet Heimat. Das Schiff ist fort, wir sind in einem neuen Zustand angekommen. Sie kocht uns einen Kaffee. Alles ist gut.

Zurück in ihrem Haus, sehne ich mich danach, ein Bad zu nehmen. Sie ist nicht mehr da, was vollkommen okay ist, schließlich ist sie tot, und in diesem Moment weiß ich wieder um diesen Umstand. Im Badezimmer sehe ich die Badewanne und erinnere mich daran, wie es war, sie früher zu benutzen. Der Geruch des Badezusatzes geht mir nicht mehr aus dem Kopf. Es war so ein blaues Zeug, das das Wasser komplett eingefärbt hat. Vermutlich irgendein billiger Mist, aber ich finde ihn nirgendwo wieder. Vermutlich wird er seit Jahren nicht mehr verkauft. Im Kühlschrank sind noch ein paar Sachen, die verbraucht werden sollten. Ich beschließe, sie mitzunehmen und packe alles in eine Tüte. Draußen ist es schon dunkel geworden, ich kann die Bäume kaum sehen. Ich weiß, dass ich mich beeilen sollte, nach Hause zu kommen, ansonsten wird meine Mutter schimpfen. Aber wohne ich denn dort überhaupt noch? Wohne ich nicht allein? Einen Moment lang bin ich unsicher.

Aus dem Fenster aber sehe ich, wie aus den Bäumen neben dem Haus ein riesenhaftes Tier seinen Körper aus dem dichten Schutz der Dunkelheit schiebt. Irgendwie grau und einem Wolf ähnlich, mit behäbigen Bewegungen, schwerfällig wie ein Bär und groß wie ein Auto. Es hat lange, überlange gelbe Zähne, die wie spitze, krumme Dolche im Zickzack aus seinem Maul ragen. Ich kenne seine Art nicht, bin mir aber ziemlich sicher, dass sie eigentlich ausgestorben sein sollte. Ich weiche vom Fenster zurück und drücke mich eng gegen die Wand daneben, um nicht gesehen zu werden. Die Nase des Ungetüms hat mich jedoch bereits aufgespürt. Ich sehe neben mir durchs Fensterglas, wie die schwarzen, feuchten Nasenflügel beim Atmen bewegt werden und kann an Ihnen ein gewisses Interesse an meiner Person ablesen. Ich werde nicht nach draußen gehen können. Dieses Riesenvieh ist auf der Jagd nach mir. Doch das muss ich auch gar nicht. Ich rege mich und bewege mich, werde Stück für Stück wieder zu fester Materie. Mein Körper wacht auf.

Was beim Träumen durchaus von Vorteil sein kann, ist, wenn man vor dem Zubettgehen noch zwei drei Gläser Wasser trinkt. Eine volle Blase hebt das Bewusstsein im Traum leicht an, ohne es jedoch vollständig auf die Tagseite zu ziehen. Zumindest in der Anfangsphase, bis es unerträglich wird. Der Nachteil dieser Technik ist halt, dass man irgendwann im Dunkeln zur Toilette tapsen muss und dass an dieser Stelle häufig spannende Traumphasen unterbrochen werden. Der Wunsch, an derselben Stelle der Handlung wieder einzusetzen, kann durchaus Erfüllung finden, wenn man es beabsichtigt und sich während des kurzen Erwachens in die letzten Ereignisse zurückdenkt. Leider ist damit oft ein gewisser Inhaltsverlust verbunden oder zumindest eine Art Zustandswechsel.

Ich bin irgendwie nach draußen gelangt, stehe aber nicht mehr vor ihrem Haus, sondern nun vor meinem eigenen, ein paar Kilometer weit entfernt. Das riesenhafte Tier, die Bestie der Außenwelt ist noch in der Nähe, ich kann es deutlich spüren. Ich sollte zusehen, dass ich in die sicheren Wände meiner Wohnung komme, aber etwas zieht mich in eine andere Richtung, etwas weiter die Straße herunter.

Dort, wo vor ein paar Jahren zu Anfang des Herbstes die verwesende Leiche einer angefahrenen Katze im Gebüsch lag, dort zieht es mich hin. Dort soll ich nachschauen, etwas wartet dort auf mich. Ich haste in diese Richtung, kann nicht mehr fliegen, aber immerhin noch große Sprünge machen, die viel Energie kosten. Ich suche die Stelle, aber ich finde sie nicht. Egal, ich muss zurück ins Haus, denn ich weiß, dass das Tier immer näherkommt. Es muss jetzt sein, und das schnell! Die schnellen Bewegungen werden schwerer und schwerer. Die Furcht hat in mir Einzug gehalten und lähmt meine Substanz.

Dann bleibe ich erschöpft stehen und sehe, dass im Gras vor mir ein übermäßig großer Revolver liegt, aus blankem Metall, in dem sich das wenige Licht spiegelt. Natürlich, schießt es mir in den Kopf, den muss der Selbstmörder verloren haben, der sich hier vor einiger Zeit das Leben genommen hat. Die Logik des Träumenden. Es wird immer eine logische Erklärung für ein irrationales Phänomen gefunden, welches sich so sicher anfühlt wie ein Urwissen. Ich hebe die schwere Waffe auf, die so groß ist, dass ich sie kaum mit einer Hand halten kann und hechte damit endgültig ins Haus.

In meinem Wohnzimmer überprüfe ich den Revolver nach Munition. Er ist voll geladen. Ich nehme jede Patrone heraus und lege sie im Kreis auf den Boden. Mich überfällt die Angst, einen wirklich gefährlichen Gegenstand unterschlagen zu haben. Ich habe einen illegalen Gegenstand gestohlen und ihn in meine vier Wände gebracht! Mit zitternden Händen führe ich jede Patrone zurück in ihre Kammer. Ich werde ihn in ein altes Tuch wickeln und im Garten vergraben, irgendwo unter einem Gebüsch, so lautet mein Plan. Dahin kann ich aber nicht, schießt es mir daraufhin in den Kopf. Draußen schleicht das Monstrum herum! Aber sicher doch, natürlich, fällt es mir dann ein. Ich kann das riesige Tier mit dem Revolver doch einfach erschießen. Wahrscheinlich breche ich mir von dem Rückschlag eine Hand, aber das Risiko muss ich wohl eingehen. Der Nutzen ist größer als der Preis einer Hand. Und mit dieser schweren Kanone kann man sicherlich recht große Löcher machen. Ich hoffe nur, ich treffe das Vieh auch, ohne zu nah heran zu müssen.

Etwas schleicht plötzlich um meine Beine. Natürlich! Ich habe ja eine Katze. Das arme Tier, ich muss es seit Wochen nicht gefüttert haben! Was treibe ich mich auch immer in der Weltgeschichte herum. Dann ist die Katze aber auch wieder verschwunden, ich kann sie in der Wohnung nicht mehr finden. Ich werde die große Taschenlampe mit dem Super-Strahl aus dem Schlafzimmer holen müssen und sie draußen suchen gehen. Ich bemerke, dass ich nur einen Schlafanzug trage. Wie ein Kind. Egal, ich muss dringend die Katze hereinholen, bevor ihr etwas zustößt! Ich stecke mir den Revolver in den Hosenbund, nehme die große Stablampe und eile nach draußen.

Es regnet kalte Tropfen. Die Äste der Bäume wehen im Takt des jaulenden Windes. Eine schwarze Katze in der Dunkelheit finden bei diesem Wetter, ganz tolle Sache! Mich überfällt der Gedanke, sie könnte im Garten sein, bei den Hühnern im Schuppen des Nachbarn. Ich muss durch den Keller hindurch, um dorthin zu gelangen, und ich muss den Schlüssel für die Hintertür aus meiner Wohnung holen. Schnell zurück ins Haus!

Ich haste zurück ins Haus und fummle mit dem Schlüssel an der Wohnungstür herum, aber sie will einfach nicht aufgehen. Panik überfällt mich, als ich von innen schnelle Schritte höre, die auf mich zukommen. Die Tür wird von innen geöffnet. Vor mir steht ein kleiner Junge in einem karierten Schlafanzug. Warmes Licht fällt mir entgegen. „Du wohnst hier aber gar nicht!" wirft er mir an den Kopf. Tatsächlich, offenbar wohne ich hier gar nicht. Ich muss das falsche Haus erwischt haben. Und irgendwas sagt mir, meine Kindheit wäre jetzt definitiv vorbei.

Schnell wieder raus auf die Straße. Mit großen Schritten tiefer in die Straße hineingehechtet. Falscher könnte es nicht sein, denke ich mir. Schließlich wohne ich am Anfang der gottverdammten Straße! Aber was soll ich bloß machen? Wohin soll ich verdammt nochmal gehen? Leute stehen vor den Eingangstüren und starren mich fassungslos an. Ein Irrer im Schlafanzug! Er trägt eine Waffe bei sich.

„Ich suche mein Haus, hat irgendjemand mein Haus gesehen?"

Der Futurist

„....when we have each other we have everything... "

Di6

Wir hatten den ganzen Damiana-Likör ausgetrunken, der von Hallo-ween noch übriggeblieben war und uns ein paar Stunden lang durch die melancholischen Monotonien von *Death in June* beschallen lassen. Wie es meine Art ist, sagte ich irgendwann „Ich schmeiß' dich jetzt raus", und wie es seine Art ist, erkaufte er sich noch die Zeit für eine Zigarette, bevor letztlich die Tür ins Schloss fiel.

„Denk dran, gegen 2050 sind wir alle unsterblich. Wir sind die erste Generation einer ganz neuen Spezies Mensch!"

„Ja, dann lassen wir uns erstmal eine neue Leber drucken."

Ich grinse und gehe zurück ins Wohnzimmer. Flaschen über Fla-schen. Damiana-Likör, selbstgemacht. Das Zeug löst irgendetwas Unspezifisches, Tierhaftes in einem aus. Man fühlt sich getrieben, aber man weiß nicht, wohin. Ich habe das Bedürfnis, nackt in einem Wald herum zu laufen.

Der Geruch von Erde. Wie die Hände riechen, wenn man im Boden gegraben hat. Der Gedanke, im Boden zu graben.
Er hat vergessen, sein Bier auszutrinken. Das passiert ihm häufiger. Stellt es ab und macht ein neues auf. Aus dem Aschenbecher raucht es noch. Soll ich mir mit den Damianablättern eine Zigarette dre-hen? Ich tue es und krümele dabei alles voll. Der Rauch hüllt den Al-tar und die Pentagramme in dichten Nebel. „Satan, schläfst du schon?"

Hätte man mich gefragt, ob ich existieren will, ich hätte verneint. Und jetzt, wo ich da bin, müssen sie ertragen, dass ich nicht mehr gehen möchte, weil die Alternative denkbar schlecht ist.

Im Badezimmer steht noch eine volle Flasche. Keine Ahnung, woher sie gekommen ist. Ich überlege nicht lange. Der Weg in den Wald ist weit, besonders bei Nacht. Ob ich die Stelle noch finde? Im Hausflur angekommen, stehle ich dem Nachbarn eine Schaufel, die neben die Briefkästen gelehnt ist. Vielleicht erschlage ich damit auf dem Rückweg seinen Hahn, bevor das dämliche Vieh dem Tag huldigen kann. Diese Glorifizierung der Intervalle des Daseins, aus reinem Mangel an frontalem Hirngewebe. Ob Hühner eine Ahnung davon haben, wie dämlich sie sind?

Der Weg ist mühsam. Jetzt gerade hasse ich das Laufen, aber die Getriebenheit zerrt mich fort ins Unbestimmte. Nur des Nachts kann man richtig laufen, nach den Gesetzen der Logik, weil dann keine Menschen in ihren rollenden Blechkisten unterwegs sind. Die kürzeste Verbindung zwischen zwei Punkten ist eine Gerade. Die Philosophie des Nachtwanderers. Herrgott, dieser Geruch von Erde. Ich freue mich darauf.

Es gibt Nächte, da tauchen sie in meinen Träumen auf. Die fünf schwarzen Schatten, alle in ihrer Rolle, die sie zu Lebzeiten hatten. Sie tollen herum und treiben ihren Schabernack, die stummen Begleiter, der lebendige Hintergrund. Jetzt sind sie lange Jahre tot und nur noch Aspekte meiner unbewussten Seele.
2050, und wir werden ewig leben – wenn wir bis dahin nicht an unserer Dummheit gestorben sind. Dann können wir auch die Verstorbenen wieder aus der Erde holen und ihnen neues Leben einhauchen.

Wir haben Vollmond, der die Kontraste der Bäume erhöht. Alles wirkt gezackt, scharf und gefährlich. Ich nehme einen kurzen Abstecher zu der Anhöhe, von der man so einen guten Blick über das Dorf hat. Nur noch wenige Lichter sind an. „Menschen!" rufe ich laut zu den Schlafenden herab. „Kommt heraus und grabt eure Toten wieder aus!"

Der Totenkult der Deutschen. Ihr *Totismus*.

Was sie für ein Brimborium um den Tod veranstalten. Sie stilisieren ihn hoch zu etwas Positivem, ja zu etwas Erstrebenswertem. Aber sie leiden ja auch so gerne und flehen ihren gekreuzigten nackten Mann um Vergebung an. Hätte man mich gefragt, ob ich existieren will, ich hätte verneint. Und jetzt, wo ich da bin, müssen sie ertragen, dass ich nicht mehr gehen möchte, weil die Alternative denkbar schlecht ist.

Ich höre ein Schwein quieken. „Bruder Schwein", denke ich, „auf dem Rückweg lasse ich dich heraus, damit sie dich nicht in ihre höhnische Wurst pressen." Die Flasche neigt sich dem Ende zu, und ich verspüre einen leichten Brechreiz. Aber dem gebe ich mich nicht hin. Ich marschiere weiter und denke an die fünf Schatten. Schon lange Monate haben sie mich nicht mehr heimgesucht. Dabei sind diese Träume mitunter am schönsten. In der Kindheit waren wir wie ein einziger Organismus, es gab keine Trennung. Doch mit dem Entfleuchen der Jugend starben sie, einer nach dem anderen. Der Einäugige starb zuerst. Ein großer Verlust, denn er beherrschte genau wie ich die Telepathie. So unterhielten wir uns nicht über Sprache, aber ich empfand seine Stimmung, wie er sie empfand und umgekehrt. So wusste ich, dass er Zeit seines Lebens eine gewisse Verzweiflung über das Dasein empfand und ihm nicht traute. Für ein nichtmenschliches Nervensystem war er erstaunlich entwickelt. Ein Sonderfall, wie er nur einmal pro Generation auftaucht. Der Wind pfiff durch die Bäume und ich empfand ein Gefühl, das sich wie eine Präsenz anfühlte.

Da war schon die Stelle! Die Gräber, alle fünf. Wir vergruben sie dort, wo wir sie uns einst zugelaufen waren. Der Kreis war geschlossen worden, sodass es sich gut anfühlte und wir ein Ende gefunden hatten.

Die Präsenz durchschnitt mich. Sie kam und ging im Minutentakt und umtänzelte mich. Ich leerte die Flasche und fing an zu graben.

Einen halben Meter tief musste es in etwa sein. Hoffentlich hat Gevatter Zeit noch etwas übrig gelassen. Ich weiß, meine Träume werden wieder wirr werden in der nächsten Zeit, aber dieses Risiko ist es mir wert. Ich hole mir die Schatten zurück. Zumindest diesen einen hier. Einen treuen Freund lässt man nicht im Stich.

2050. Kamerad! Halte aus, ich rette dich aus deinem feuchten, kalten Bett, und dann geht es nach Hause.

Versammlung der Schweigenden

Wir sitzen auf einer Bank. Es ist schon spät, und wir sind stark angetrunken. Dass wir uns verkühlt haben, werden wir erst am nächsten
Morgen bemerken, lange nachdem wir mit der wohligen, aber trü-
gerischen Alkoholwärme ins Bett gekrochen sind. Warum waren wir
nochmal an diesem Ort? Ach ja, unsere Abschlussfahrt. Zusammen
Zeit verbringen, um zu zelebrieren, dass man zusammen Zeit verbracht hat.

Das Wasser im Teich ist schwarz und schimmert leicht im Schein des
Mondlichts. Der Mond reflektiert die Sonne, der Teich reflektiert
den Mond. Irgendwie verlogen. Wir schweigen.

Das Gelächter hinter uns lässt uns kalt. Wie es meine Art ist, rauche
ich eine Zigarette nach der anderen und starre dabei gedankenverloren ins Nichts. Zeit vergeht, aber nichts außer der Uhrzeit scheint
sich zu verändern. Die Zigarettenschachtel leert sich. Alle Geschäfte
haben geschlossen und die nächste Tankstelle ist viel zu weit von
unserem Hotel entfernt. Gut, dass wir noch Bier haben. Zigaretten
kann ich mir später noch am Automaten ziehen, oder besser noch
morgen früh.

Ich zerknülle die Schachtel und werfe sie nach hinten. Fick dich,
Mutter Natur. Ich schaue ihn an. Er schaut mich an. Wir schauen
zum Wasser. Nichts.

Wir stehen synchron auf und gehen drauf zu. Ich lehne mich ans
Geländer und blicke in schimmernd schwarz verquirlte Wolken.

„Irgendwie ist es deprimierend", sagt er.
„Ja, das ist es." Ich fange an, laut zu lachen. „Selbst die Schwäne
sind glücklicher als du und ich."

„Mmmh." Die Schwäne sind weiß und haben ihre Hälse ineinander verschlungen.

„Warum gibt es überhaupt so etwas wie Liebe?"

„Damit der Mensch nicht ausstirbt. Eine rein biochemische Funktion."

Wir gehen zurück zur Bank. In unmittelbarer Hörweite zu uns sitzen schweigende Personen. Wir kommen uns vor wie in einer Theateraufführung von Goethes Faust. Reden für andere Menschen, die einen nicht kennen. Meinungen verkünden, ohne zu wissen, ob man Ahnung hat. An einem Ort, an den man nie wieder zurückkehren wird. Schweigen ist Bestätigung, und Unwissenheit ist Stärke.

Lautstark reden wir über Glück, Liebe und Pappfassaden. Wir kommen zum Entschluss, dass der Mensch geistesgestört ist und nur ein Sklave der Botenstoffe in seinem Gehirn. Und was uns angeht... Irgendwie scheinen wir kaputte Tiere zu sein. Wir kippen Bier nach.

„Du bist doch auch irgendwie anders", sage ich. „Woran liegt das?"

„Meine Mutter sagt, weil ich vom Teufel bin„, antwortet er und kichert.

„Meine sagt das auch. Hey, haben wir dieselbe Mutter?"

Ein schlechter Witz, aber wir fühlen uns gut unterhalten.

„Was ist dein größtes Talent?"

„Ich glaube, die Unzufriedenheit. Und deines?"

„Meckern."

Wir stoßen an. Ein Schwan schreckt auf und beruhigt sich wieder.

Die Leute in der Nähe mehren sich. Schwarze Schatten ohne Identität. Sie setzen sich um uns herum, zum Teil auf den Boden, mit einer Art Sicherheitsabstand.

„Liebe ist saisonal bedingt. Man schaue in die Tierwelt! Man reiche mir eine Zigarette!" Irgendjemand reicht mir tatsächliche eine Zigarette.

„Warum um alles in der Welt mussten wir ausgerechnet auf Planet Erde landen?"

„Ja, auf einem Planeten mit grober Teewurst. Affen, die wie Schweine aussehen und Schweine fressen, obwohl sie diesen nie das Wasser reichen könnten. Fettige Haare und Füße, wo göttliches Schweben stattfinden könnte. Und überhaupt, tausend seltsamer Identitätsstörungen, weil man wie in der Legebatterie eingepfercht lebt. Leute um Leute gestapelt." Ein Kichern schleicht durch die Schatten.

Die Menge fühlt sich gut unterhalten und schreitet nicht ein.

Wir reden über Gewitter und Dunkelheit. Beim Thema Tod wird er ausweichend, und ich respektiere das.
Irgendwer sagt „Dann bringt euch doch um." Ein paar andere johlen und keckern dazu.
„Richtig, das wäre wohl die logische Konsequenz. Aber irgendwie ist man doch neugierig auf das, was noch kommt."

Die Schweigenden raunen vor sich hin. Die Schwäne neigen sich ab und verschwinden in der Dunkelheit.

„Jungs, ihr habt überhaupt keine Vorstellung was das Leben bedeutet." Eine ältere Stimme, geladen mit dem, was sie gemeinhin Erfahrung nennen.

Bevor diese Stimme noch sagen kann „Geht erst einmal arbeiten", schnorre ich mir noch eine Zigarette. Dann stehen wir synchron auf und gehen zum Hotel zurück.

Gottes tote Katze

Das weiße Licht, die bunten Farben

Geblendet von dem unsagbar hellen Licht hastete er vorwärts, verlor den Boden und dachte, er hätte nun vollends den Verstand verloren. War das, was gerade geschehen war, wirklich passiert? Träumte er oder war er, wie er so häufig gefürchtet hatte, doch noch verrückt geworden? War er eingetaucht ins Meer der Spinnereien, die seinen restlichen Geist nunmehr zerpflücken sollten?

Das passierte also, wenn man sich gegen die alten Gesetze auflehnte! Die heilige Strafe, so musste sie aussehen. Das gleißende Weiß brannte durch seine geschlossenen Augen hindurch und auch durch die Hände, die er sich schützend vors Gesicht hielt, dann überkam ihn ein rauschender, lauter Sog, ein Gefühl, sein Körper würde sich blitzartig unendlich weit ausdehnen und in alle Himmelsrichtungen vergehen wollen.

Aber dann, mit einem Mal war alles still um ihn, und er fühlte eine wohlige Wärme in sich entstehen. Mit rasendem Herzen schmiegte er sich an den Boden, auf dem er soeben gelandet war – oder von dem er zumindest gerade gemerkt hatte, dass er vorhanden war. Es hatte etwas Beruhigendes, sogar Heimatliches an sich, nach dieser Beinahe-Auflösung wieder mit etwas so Einfachem wie einem Boden in Kontakt stehen zu können. In ihm überschlugen sich die Bilder, wild und zusammenhangslos, dann flogen sie fort, und mit ihnen die Angst vor der Vernichtung.

Einen Moment noch hielt er die Arme schützend über den Kopf, anschließend traute er sich, sie langsam zu lösen, und stellte fest, dass er in einer großen, marmornen Kuppelhalle auf einem dunkelrot gemusterten Teppich lag. Die Wände um ihn herum schwach beleuchtet, kaum sichtbar und offenbar mit einander umschlungenen Ornamenten verziert, deren Kontraste sich erahnen ließen. Eine leise, aber angenehme Melodie kroch von irgendwo aus den Winkeln auf dezente, freundliche Weise in sein Ohr, und wiederum verspürte er ein Gefühl wohligen Schauers. Es hatte etwas Festliches. Herzschlag und Atem fanden langsam ihren gewohnten Rhythmus.

Wie war er hierhergekommen? Womit hatte er, der gerade so schreckliche Dinge getan hatte, nun diesen wohligen Traum verdient? Hatte er es überhaupt getan? Er empfand, dass die Erinnerung an die Geschehnisse von vor wenigen Minuten, die Eskalation der Ereignisse, ihm so fern geworden waren wie seine ersten Erinnerungen zu Kindertagen. Es war, als gleite etwas, das ein Teil von ihm war, langsam aus ihm heraus. Er spürte gerade noch, wie sich eine Last von seiner Seele löste, dann hatte er diese Gedanken schon vollends verloren und wusste auch nicht mehr, dass es sie gegeben hatte. War das, was hier gespielt wurde, real? Würde er gleich aufwachen, und alles wäre wieder normal?

Langsam stand er auf, blickte an sich herab, und sah, dass er anstatt der erwarteten alten Hose einen roten, samtigen Morgenmantel trug. „Einen solchen habe ich mir immer gewünscht", dachte er bei sich und begann den Raum, in dem er sich befand, vorsichtig zu erkunden.

Aus einer Ecke des dunklen Raumes traten goldene Lichtstrahlen hervor, wie er sie von den Festtagen seiner Kindheit kannte, und er trat langsamen Schrittes darauf zu. Nach und nach formten sie sich zu einem quadratischen Umriss, der ihm bestens bekannt war: Es war die Tür zu seinem alten Zimmer, seiner Zufluchtsstätte. Was hatte sie hier verloren? Dahinter konnte ja unmöglich das liegen, wofür diese Tür stand, denn sie befand sich ja in einem völlig fremden Gewölbe. Die wohlige Musik kam aus dem Raum dahinter, und einen anderen Ausweg schien es nicht zu geben. Er würde die Tür also durchschreiten müssen, um diesen Ort zu verlassen und das Rätsel zu erkunden.

Neugierig und doch voller Vorsicht, begab er sich daran, sie zu öffnen. Mit einem Handgriff, den er früher einmal lange Zeit an seiner echten Zimmertür eingeübt hatte, fasste er die Klinke und bewegte sie gleichsam mit Kraft und großer Langsamkeit, so dass sie kein Geräusch von sich geben würde. Seine Mutter hatte diese Methode nie gekannt und erzeugte beim Eintritt stets ein quietschendes Geräusch. Ein Geräusch, das ihn viele Male rechtzeitig alarmiert und vor ihrer unangemeldeten Erscheinung geschützt hatte.

Ein Spalt goldenen Lichtes schoss auf ihn zu, die Musik wurde lauter und umspielte ihn mit ihren weichen Klängen, lud ihn ein, einzutreten. Er folgte ihr freudig und doch bedacht. In ihm war ein Gefühl der Heimkehr, als sei er nach langen Jahren als veränderter Fremder nach Hause gekommen.

Er durchschritt das goldene Licht, durchbrach es und dann war es, als wäre seine Sicht eingeschränkt, denn alles, was er erblickte, bestand aus neblig weichen Farbflächen, deren Abstand zu ihm er nicht genau bestimmen konnte. Ungewisse, grobe Konturen verdichteten sich bei jedem seiner Schritte auf dem Boden zu einem neuen Stück rotfarbigen Teppichgewebes und die Konturen hinter ihm lösten sich wieder auf in zergehende Farbflächen. Er blickte zurück zur Tür, durch die er eben gekommen war, doch sah er da nur noch einen groben, braunen Umriss, umrandet von Goldschimmer, und wenig später schon war auch dieser Schimmer nur noch schwach und mit dem nächsten Schritt schon vom Licht verschluckt worden.

Vor ihm baute sich etwas Großes, Sakrales auf, wie ein riesiger Tempel, mit vielen Säulen. Er konnte die Entfernung nicht einschätzen. Sollte es eine stundenlange Wanderung werden? Dann wiederum wurde die Erscheinung mit jedem Schritt, den er darauf zulief, kleiner und kleiner, sodass er vermutete, es sei eine Orgel oder ein ähnlich monströses Musikinstrument, das die verlockende Melodie erzeugte. Noch etwas weiter aber registrierte er, dass es sich dabei um eine Art Bar handeln musste, deren Dach von Säulen getragen wurde. Eine massive Bar, aus robustem, irgendwie organisch wirkendem Material, mit massiven, hohen Stühlen davor, die ihm erschienen wie kleine Leitern, und einem trapezförmigen Tresen, der einem Altar nicht unähnlich war, sowie einer scheinbar unendlich großen Auswahl an Flaschen dahinter, in allen Farben, die man sich vorstellen kann und deren Aussehen und Herkunft ihm allesamt fremd waren. Die Beleuchtung dieser Szene wechselte mal ruhig und gesetzt, mal schnell und hastig, ohne dass eine Regel erkennbar war. Einmal war sie in schummriges Rot getaucht, das in sorgsamen Orangetönen vor sich hin vibrierte. Ein anderes Mal setzte sich ein kräftiges Grün durch, welches kaum, dass es seine helle Spitze erreichen konnte, in einem plötzlichen Blau einbrach. Keine der Farben vermochte aber, die komplette Szene zu erhellen. Sie gaben jeweils nur spezielle Aspekte frei und verbargen dabei wiederum andere. Er war sich nicht sicher, ob es hell oder dunkel war. Er war sich nicht sicher, ob alles aus einem Stück bestand oder einer organischen Wechselwirkung zugrunde lag. Die Musik gab sich beste Mühe, alles dezent und unaufdringlich zu umschmeicheln.

Auch war jede Menge lebhafte Dekoration anzutreffen. Mannigfaltige phantastische Kreaturen, mit seltsamen, vielfältigen Gliedmaßen, umschlangen stolz und bestimmend die Bar, wanderten entlang der Säulen hoch zur Decke, die durch das spielende Licht, das wie Nebel an ihr herumwaberte, nicht vollständig zu erkennen, lediglich zu vermuten war.

Es war ihm, als würden sich die Figuren an den äußeren Zonen seines Sichtfeldes bewegen, immer neue Formen suchen und genau dann erstarren, wenn er sie direkt anzusehen versuchte. Ihn überfiel in keinem Moment Angst, aber er wusste, dass er sie normalerweise gehabt hätte und war erstaunt über die innere Ruhe, die er im Gegensatz zu den Umständen seiner Ankunft nun verspürte. Etwas in ihm sagte ihm, dass solcherlei wunderliche Erscheinungen an diesem Ort normal waren und dass sie keine Bedrohung darstellten. Er schob sich einen der hohen Stühle zurecht, kletterte hinauf und setzte sich. Es war erstaunlich einfach und auch ziemlich bequem. Die Arme, in den Ärmeln des Morgenmantels auf den Tisch gelegt, schaute er nun geradeaus in einen matten, schmutzigen Spiegel und erkannte grob weichgezeichnet die Konturen seines Gesichts darin, die ihm im stetig wechselnden Licht immer neue Facetten seiner selbst zeigten, ähnlich wie es mit dem Rest der Szene geschah.

„Alles ist gut", dachte er sich. „Es ist, als wäre ich schon einmal hier gewesen. Als hätte ich hier auch gelebt, so ganz nebenbei. Immer mal wieder im Traum. Neben dem anderen, eigentlichen Leben halt. Nur an dieses hier erinnere ich mich so schlecht. Und doch ist es so vertraut. Wie bin ich nur hierhergekommen?" Langsam sank sein Kopf auf den Tresen, und er war versucht, die Augen zu schließen um ganz in diesen Ort einzutauchen.

„Sie haben sich umgebracht", sprach eine Stimme von irgendwo her und sein Kopf schoss wieder in die Höhe. Aus einer Tür hinter dem Tresen, die er erst jetzt bemerkte, trat ein älterer Herr, gekleidet in einem schwarzen Frack, ähnlich einem Pinguin, mit zerzauster, ergrauter Frisur und einem riesigen Schnauzbart im Gesicht.
„Sicher sind sie desorientiert und verwirrt. Darf ich Ihnen zuerst etwas zu trinken anbieten?"

„Umgebracht, ich?" fragte er erschrocken. „Aber, so etwas darf man doch nicht tun!"
„Geschehen ist geschehen," sprach der Schnauzbart langsam, „daran können wir nun nichts ändern. Was darf es denn sein?"

„Ich habe keine Ahnung, was mit mir geschieht. Dieser Ort..." stammelte er, „es ist, als sei ich schon einmal hier gewesen. Und ich glaube, eigentlich sollte ich Angst haben, die mir aber fehlt. Was wird hier gespielt, wo bin ich?"

„Verzeihen Sie. Es ist normal, dass Sie Orientierungsschwierigkeiten haben. Sie befinden sich im *Nicht-Lokal*, einer Aufenthaltsstelle für Durchreisende, die der geistigen Sammlung und auch der Zerstreuung in schwierigen Entwicklungssituationen dient.

Fragen Sie aber bloß nicht nach genauen Positionen in Zeit und Raum, das ist schrecklich kompliziert und auch nicht wirklich mein Metier. Wie auch Sie, bin ich hier nur Gast, wenn auch mit einer Anstellung als Berater und... nun ja, Barkeeper." Dabei lächelte er freundlich, sodass sein Bart sich verbog. „Es ist durchaus möglich, dass sie glauben, sich zu erinnern, schon einmal hier gewesen zu sein. Das passiert häufig. Es können, aber müssen nicht zwingend *Ihre* Erinnerungen sein, die Sie da befallen. Aber fragen Sie mich auch hier bitte nicht nach den genauen Details. Ich kenne die Gewohnheiten dieses Ortes, weiß aber selbst nicht ganz, wie er funktioniert."

„Hm... Das klingt wirklich kompliziert", entgegnete er. „Aber etwas zu trinken hätte ich wirklich gerne, nur fürchte ich, habe ich mein Geld verloren. Ich weiß auch wirklich nicht, wie ich in diese Kleidung gekommen bin, aber sie gefällt mir ziemlich gut. Ist sehr bequem und so schön flauschig."

„Machen Sie sich darüber keine Sorgen", sagte der Schnauzbart in väterlichem Tonfall und deutete auf die zahlreichen, bunt leuchtenden Flaschen, „hier geht alles aufs Haus. Sie haben freie Wahl. Also, was darf es sein?"

„Ich weiß nicht. Ich habe keine dieser Flaschen je zuvor gesehen. Geben Sie mir etwas Einfaches. Vielleicht das, was hier am liebsten getrunken wird?"

„Ein *Dry Martini*, kommt sofort." Die Antwort kam prompt, und der Mann im Frack begann nun, mit großem Geschick und schneller Routine vor den Augen des Zugereisten etwas zusammen zu schütten. Eine klare Flüssigkeit, dann eine andere klare Flüssigkeit, und etwas Drittes gab er in einen silbernen Becher, den er verschloss, schüttelte, um das Resultat schließlich in ein wunderliches, spitzes Gefäß zu gießen, welches er ihm mit den Worten „Wohl bekomm's!" vor die Augen setzte.

„Oh, das sieht aber gut aus", sagte der Gast und betrachtete das Getränk mit großen Augen von allen Seiten. „Ich hätte jetzt an ein Glas Wasser gedacht, aber das ist wirklich sehr hübsch. Und es riecht auch ganz wunderbar." Der Mann mit Schnauzbart lächelte.
„Ein Glas Wasser an einem Tag wie diesem... Kommen Sie, Sie müssen sich heute mal etwas gönnen. Man nimmt sich schließlich nicht jeden Tag das Leben."

Der Gast hielt bei diesen Worten kurz inne, dann trank er das Glas in einem Zug aus. Eine seltsame, nie empfundene Wärme breitete sich in seinem Bauchraum aus, und er begann zu leise zu kichern.
„So etwas gibt es aber da, wo ich herkomme, gar nicht. Da muss man wohl erst sterben um mal an so etwas Gutes zu kommen, hihi."
„Dann haben Sie es sich erst recht verdient. Sie bekommen noch einen, aber trinken Sie den vielleicht etwas langsamer", sagte der Schnauzbart wohlwollend, und seine automatischen Handgriffe, dieses wunderliche Programm, begannen von neuem.

„Sind Sie so eine Art Zauberer?" fragte der Gast und blickte dem Mann hinterm Tresen nun mit kindlichem Vergnügen in die Augen.
„Eine gute Frage. Ich bin sehr alt und mittlerweile bin ich vieles. Zuerst einmal bin ich hier aber auch nur Gast, wenn auch mit einer Anstellung als Berater und... nun ja, Barkeeper. Ich heiße Fritz", sagte er und hielt ihm die Hand hin.
„Angenehm Fritz, ich bin Gott", sagte er und schlug ein, „Und da, wo ich herkomme, wären Sie gewiss ein Zauberer."

Nicht-Lokal

So verstummten beide eine Weile. Der eine, Gott, nippte an seinem neu entdeckten Getränk und dachte darüber nach, dass er nun tot war, was ihm in diesem Moment nicht unattraktiv erschien, war er doch frei von Sorgen, gekleidet in einen schönen Morgenmantel und ausgestattet mit neuartigen Gefühlen der Annehmlichkeit, die dem wundersamen Getränk und den hypnotischen Lichtern geschuldet waren. Der andere, Fritz, war damit beschäftigt, Gläser zu reinigen, sie zu polieren und gegen das Licht gehalten, auf ihren Glanz zu überprüfen. Er schien vollkommen zufrieden in seine Arbeit versunken, und widerspräche diese Gesamtsituation in ihrer Erscheinung nicht so sehr der Normalität, hätten beide wohl ewig in diesen Tätigkeiten verharrt.

„Ich bin versucht, mich diesem Moment hinzugeben und nie wieder etwas anderes zu tun", sagte Gott dann nach einer Weile. „Woran liegt das nur? Ich glaube, noch nie eine solche Gelassenheit verspürt zu haben."

„Das hat der Ort so an sich", sagte Fritz, „der Ort, der *Jetlag des Todes* und in Ihrem Fall wohl auch der Alkohol. Sie sagten ja, ein solches Getränk wäre Ihnen fremd."

„Ja", antwortete Gott, „da wo ich herkomme, war es verpönt, sich zu berauschen. Jetzt verstehe ich auch warum. Es scheint zufrieden zu machen und bei uns wird Zufriedenheit stets mit Faulheit gleichgesetzt, und es steht sogar unter Strafe, wenn man vor der Abenddämmerung zufrieden wirkt."

„Das scheint ein schrecklicher Ort zu sein." antwortete Fritz. „Wo genau kommen Sie denn her?"

„Na, von der Welt. Die Welt der Lebenden, wenn Sie so wollen." Gott war über die Frage etwas verwirrt. „Sie sollten das doch wissen, oder?"

„Nein", sagte Fritz und schob die linke Augenbraue hoch, „aber ich glaube, den Sachverhalt zu verstehen, denn er kommt hier nicht zum ersten Mal vor. Sie kommen von einer Welt, die sich selbst für die einzige Welt hält und glauben nun, dies hier sei eine Art Jenseits, das man sich bei Ihnen vorstellt als den Ort, an den man kommt, nachdem man gestorben ist, richtig?"

„Richtig", antwortete Gott und drehte das spitze Glas in seinen Händen. „Ich war immer schon offen für Neues. Vielleicht hat mich das ja in diese Lage gebracht. Fritz, erhellen Sie mich. Und geben Sie mir noch einen davon."

Er schob das leere Glas von sich weg, und Fritz begann die Getränkezubereitung, diesen wundersamen Automatismus erneut.

„Sehen Sie, es gibt unzählige Welten, keiner weiß genau wie viele. Alle haben ihre Vorstellungen über sich und das Dasein. Keine davon liegt richtig, man könnte allerdings sagen, manche liegen richtiger als andere, wenn sie zum Beispiel Kontakt mit anderen Welten gefunden haben. Das ist in etwa so, als würde eine Person denken, sie sei die einzig existierende Person, und andere Personen gäbe es nicht. Wenn sie dann aber mit einer anderen Person in Kontakt tritt und deren Perspektive in sich aufnehmen kann, hat sie einen geweiteten Blickwinkel. Das trifft auch auf Summen von Einzelwesen und letztlich auf ganze Welten zu. Wo man unter sich bleibt, ordnet man den wenigen Informationen, die man hat, den höchsten Gehalt an Wahrheit zu. Aber letztlich ist keine Information wirklich für immer und für jeden wahr. Verstehen Sie, was ich meine?" Fritz schob ihm ein gefülltes Glas zu.

„Ich verstehe." Gott nippte am Martini. „Endlich jemand, mit dem ich mich einmal unterhalten kann. Da wo Ich herkomme, war alles so steif und verbohrt, so einfach gehalten und alle Lebensbereiche kontrolliert. Alle haben sich an dieses Buch gehalten, *Das Große Buch, von dem, was man macht und dem, was man nicht macht.* Sagen Sie, Fritz, so dumm kann doch keine zweite Welt sein, oder?"

„Sie würden staunen", erwiderte Fritz und zündete sich eine Zigarette an. „Möchten Sie auch eine?"
„Gleich zwei Spaßmacher auf einmal, hihi... Ja, geben Sie bitte her." Gott lachte, und Fritz schob ihm die Schachtel hin.
„Na, jetzt werden Sie nicht übermütig. Hier, nehmen Sie." Fritz reichte ihm Feuer. Es bereitete ihm Freude, seinem Gast etwas Gu-

tes tun zu können. Gott inhalierte tief und hustete. „Sehen Sie, das ist der Übermut."

„Ich kann Sie sehr gut verstehen", fuhr Fritz fort, „wir sind uns gar nicht so unähnlich. Ich habe auf meinem Planeten ganz ähnlich angefangen wie Sie. Zeit meines Lebens blieb ich missverstanden. Die Freiheit, meine Gedanken zu verbreiten, blieb mir jedoch und das war oft ein recht angenehmer Trost. Auch bei uns gab es diese großen Bücher, die Massen zu lenken. Was für ein Irrsinn. Aber ein Irrsinn mit Ziel und Zweck, von außen betrachtet. Innen drin aber, im Räderwerk eines Systems, kommt es einem Individuum immer wie die größte Spinnerei aller Zeiten vor."
„Welchen Zweck soll das haben? Und was ist ein Planet?" wollte Gott wissen.
„Planeten... Nun ja. Einfach gesagt, sind das Steine, die im Weltraum herum fliegen. Sie kommen auch von einem dieser Planeten. Darauf ist das, was Sie Welt nennen. Und der Zweck..." Fritz hielt inne, „Den Zweck lassen Sie sich am besten vom Chef erklären. Der wird irgendwann hier auftauchen und mit Ihnen besprechen, wie es nun weitergehen soll."

„Steine, die im Weltraum herumfliegen...", wiederholte Gott und zog an seiner Zigarette, „Weltraum, Weltraum, was soll denn das wieder sein? Die Welt ist doch schließlich alles. Zumindest habe ich so immer gedacht. Bei uns kannte man ja nichts anderes. Die Welt ist also in einen Raum eingebettet? Als eine Art Stein, mit anderen Steinen? Wie ein Beutel Steine?
„Ja, genau", antwortete Fritz amüsiert. „Abermillionen von Steinen, zu viele um sie zu zählen, aber in allen möglichen Farben, ähnlich wie die Flaschen hier im Nicht-Lokal. Allerdings kennen auch wir hier weder den Beutel, wie Sie es formulierten, noch seinen Besitzer."
„Wundersam. Ich glaube, ab jetzt werde ich Steine mit anderen Augen betrachten." sagte Gott und machte seine Zigarette aus. „Wo kommen Sie her, Fritz?"

„Im Prinzip aus einer Welt, ähnlich der Ihren. Wenn ich Ihre Ausführungen richtig deute, dann sind unsere Welten gar nicht unähnlich. Bei uns hatte man die Steinartigkeit, beziehungsweise Kugelform unserer Welt irgendwann herausgefunden. Ein Wunder, das jedoch insgesamt betrachtet zu nichts Großem geführt hat. Die Völker meiner Welt hat es mehrheitlich nie interessiert, was außerhalb der eigenen Welt an Wunderbarem lauern könnte. Man hat sich stets auf die möglichen Schrecken und Schwierigkeiten fixiert und war deswegen, nach ein paar Weltraumspaziergängen, schließlich daheim geblieben. Auch hatte man lange Zeit damit zu tun, sich mit den eigenen Nachbarn gut zu stellen. Wir brauchten unzählige Kriege dazu. Kein vernünftiger Ort. Ich bin froh, nicht mehr dort zu sein."

„Und was haben Sie in Ihrer Welt gemacht?"
„Ich war wohl so eine Art Lehrer", sagte Fritz und korrigierte seine Fliege, „aber zu Lebzeiten nicht gerade erfolgreich. Danach kam ich zu einigem Ruhm, aber da war ich schon in anderen Welten unterwegs und interessierte mich nicht mehr so sehr dafür. Seitdem ist auch viel Zeit vergangen."

„Was wird jetzt eigentlich mit mir passieren? Sie sagten, dies hier wäre ein Aufenthalt für Durchreisende? Wohin geht die Reise?" Gott war etwas nervös.
„Das müssen wir mit dem Chef besprechen." sagte Fritz. „Aber haben Sie keine Angst, bleiben Sie neugierig. Er mag es, wenn man neugierig ist."
„Okay", murmelte Gott und spielte mit dem Glas in seinen Händen, das schon wieder fast leer war. „Ganz geheuer ist es mir aber doch nicht. Oder besser gesagt, mir ist es doch sehr geheuer, nur habe ich das Gefühl, es sollte mir nicht gefallen."
„Das macht der Ort, Wertester." sagte Fritz. „Der Ort, der *Jetlag des Todes* und in Ihrem Fall auch der Alkohol. Wollen Sie noch einen?"
„Ich glaube, jetzt nehme ich vielleicht etwas Leichteres. Sonst falle ich gleich noch vom Stuhl."

„Dann serviere ich Ihnen jetzt eine Spezialität aus meiner Heimat. Habe mich früher immer über dieses Getränk aufgeregt, weil meine Studenten sich so oft daran vergingen. Aber mit der Zeit wird man ja toleranter."

Fritz holte einen großen, geeisten Krug unter der Bar hervor und zapfte aus einem goldfarbenen Hahn eine ebenso goldgelb klare Flüssigkeit mit einer weißen Schaumkrone hinein.
„Wie heißt das jetzt?" In Gottes Stimme bebte die Lust nach dem Neuen. „Das nennt man Bier." sagte Fritz.
„Und das davor war was nochmal?"
„Dry Martini. Ein sehr beliebter Cocktail in vielen Welten. In manchen von ihnen soll man, wenn man ihn trinkt, an eine Katze denken. Es kann sogar strafbar sein, das nicht zu tun. Aber hier bei uns sieht man das nicht so streng." Gott beobachtete jeden seiner Handgriffe und verfolgte das Glas mit den Augen, bis es vor ihm auf dem Tresen zum Stillstand kam.
„Was es nicht alles gibt." bemerkte er und nahm einen großen Schluck. „Das schmeckt aber gut." sagte er. „Eine Katze hatte ich auch einmal. Aber meine Mutter wollte das nicht, weil im Großen Buch irgendein Schwachsinn über Katzen stand. Kriege ich aber nicht mehr zusammen."
„Warten Sie einmal. *Das Große Buch, von dem was man macht und dem, was man nicht macht...* Vielleicht kann ich davon eben ein Exemplar auftreiben. Dann können wir ein wenig darin herumblättern und uns einen Spaß machen." sagte Fritz.
„Au ja." sagte Gott und Fritz verschwand daraufhin durch die Hintertür, durch die er vorhin auch gekommen war.

Beim Gedanken an seine Katze durchfuhr Gott das Gefühl einer unbestimmten Melancholie, die vielleicht unter normalen Umständen die Grenze zur Traurigkeit durchbrochen hätte. Er wusste es nicht. Als Fritz mit dem Buch in der Hand zurückkehrte, fragte er ihn: „Was ist mit Katzen, wenn sie sterben? Kommen sie auch an einen Ort wie diesen hier?"

„Nur die wenigsten Wesen kommen an einen Ort wie diesen hier. Die allerwenigsten. Die meisten Seelen vergehen in ihre Bestandteile, und ihr Bewusstsein zerstreut sich in die Nichtexistenz."

„Schade. Ich hatte kurz die Hoffnung, meine Katze noch einmal sehen zu können."

„Ich muss Sie wohl enttäuschen, Wertester. Vermutlich wird daraus nichts werden. Aber schauen wir uns doch ein wenig das Buch an, das in Ihrer Heimat so tagesbestimmend ist."

Fritz legte das Buch auf den Tisch, drehte es herum und bemerkte: „Oh, ein Klappentext. *Das Große Buch, von dem, was man macht und von dem was man nicht macht, ist der Legende nach vom Großen MAN höchstpersönlich und schon vor langer, langer Zeit verfasst worden. Es bildet das Fundament für die Weltgemeinde, für die Diener des Großen MAN, nämlich UNS und ist bei Bedarf als Lebenswegweiser, moralische Unterstützung, wahlweise auch als Kochbuch einzusetzen, sowie zur Rechtsprechung bei Gerichtsverfahren. Es wird empfohlen, jeden Tag mindestens eine halbe Stunde darin zu lesen. Wer dies unterlässt, kann sich verdächtig machen.* Na, das ist doch mal was."

„Kann ich noch eine von diesen Zigaretten haben?" fragte Gott. „Ich bin etwas nervös, wegen dieses Buchs. Ich glaube, ich habe viele schlechte Erfahrungen damit gemacht."

„Selbstverständlich. Bedienen Sie sich. Wir haben hier von allem die beste Qualität. Und sowohl diese Schachtel hier als auch die Flaschen können niemals geleert werden. Eine der Qualitäten des Nicht-Lokals ist unsere ergiebige Gastfreundschaft. Machen Sie sich auch keine Sorgen um die Verträglichkeit. Ein Zuviel gibt es bei uns nicht, man bleibt stets bei bester Laune und Gesundheit." sagte Fritz und schob Gott Schachtel und Streichhölzer hin, der sich dankbar davon bediente. Dann schlug er wahllos eine Seite auf und fuhr fort, daraus vorzulesen:

„Kapitel Lebenshilfe, Abschnitt Unglück: Was man macht, wenn man unglücklich ist? Männer kaufen ihren Müttern ein Pfund Kaffee. Frauen kochen einen Eintopf. Kinder malen ein Bild und vergraben es an einer dunklen Stelle im Wald um Mitternacht. Ein Löffel Senf, aufgelöst in der Milch einer trächtigen Sau, hilft an allen Tagen außer Dienstag. Auch wohltuend ist für alle Parteien ein Besuch beim Zahnarzt oder einem Tischler. Was man nicht macht sind das Ausziehen seiner Hose, Tanzen unter großen Eichen, insbesondere morgens, und das Hinzuziehen von freundlichen Nachbarn. Tipp: Taucher sind niemals unglücklich, weil sie stets von bunten Fischen träumen.

Meine Güte, was für ein Unsinn! Aber so sind sie, die Religionen. Behauptung auf Behauptung gestützt, türmt sich ein Konglomerat wichtig klingender Narreteien zu einem riesigen Ungetüm auf. Beantworten Sie mir eine Frage, Gott. Gab es da wo Sie herkommen noch andere Bücher?"

„Es gab noch andere Bücher, ja. Allerdings waren das alles Bücher, die einem erklärt haben, was genau im Großen Buch steht. Für die, die es nicht verstanden haben. Ein paar Geschichtsbücher gab es auch noch. Sie handeln allesamt davon, wie der Große MAN die Welt erschaffen hat."

Gott trank sein Bier aus. Dann fragte er: „Lassen Sie mich raten, der große MAN hat die Welt gar nicht erschaffen, oder?"

„Nein", lachte Fritz, „das hat er nicht. Und auch keine der anderen Gestalten, die das behaupten." Gott lächelte unsicher.

Fritz blätterte weiter.

„Kapitel Lebenshilfe, Abschnitt Partnerschaft: Wie bekommt man einen Partner fürs Leben? Selbstverständlich dadurch, dass man Passagen dieses Buches fehlerfrei zitieren kann. Personen, die dabei Fehler machen, sind zu vernachlässigen, denn sie sind unzuverlässig, faul und im Alter wachsen ihnen große Pilze auf dem Rücken und Spinnenbeine aus der Nase." Fritz prustete vor Lachen und musste sich den Bart abwischen. Auch Gott schmunzelte sichtlich amüsiert, kehrte aber schnell zu einem ernsthaften Gesicht zurück.

„Ich konnte nie etwas aus diesem Buch auswendig. Das liegt daran, dass ich faul war und die tägliche halbe Stunde nie eingehalten habe."

„Jetzt machen Sie mal einen Punkt, Wertester. Natürlich, Sie haben sich an Ihre Gesellschaft anpassen wollen, um zu überleben, das tut jeder. Aber diesen Schund hier ernsthaft und mit Interesse zu lesen…" Fritz lachte weiter, und Gott blickte ihn verwundert an. Er wusste wohl, dass Fritz recht hatte, aber der Humor wollte sich bei ihm noch nicht so recht einstellen.

„Sie scheinen zu viel Zeit an diesem Ort verbracht zu haben." sagte Fritz dann und legte ihm eine Hand an die Schulter. „Welten können einen fertig machen, wenn man zu viel Zeit in derselben verbringt. Eine Flucht in die eigene Fantasie hilft nicht ewig, irgendwann wird man geisteskrank. Kann da ein Lied von singen. Kommen Sie, ich mache Ihnen noch ein Bier." Gott nickte und ließ dann den Kopf hängen. In den Aschenbecher starrend überlegte er.

„Zeit meines Lebens habe ich mich stets gefragt, was der Sinn des Ganzen sein soll. Also des großen Ganzen, hinter allen Dingen. Na klar, wenn man alle Regeln des Buches stets befolgt hat, dann hieß es, man ginge ein in die Herrlichkeit des Großen MAN, dass sich einem plötzlich alles erschließen würde. Das steht hier bestimmt auch noch genau irgendwo." Gott blätterte in den letzten Seiten des Buches. „Ja, genau hier: *Kapitel Tod, Abschnitt Sinn des Ganzen: Und dann ist man gestorben, aber was kommt jetzt? Der Große MAN, Autor dieses Buches und Schöpfer von allem, was so vor sich hin existiert, empfängt die Seele des Verstorbenen persönlich nach einer Zeit weißen Lichtes und fragt sie in einer schriftlichen Prüfung stichprobenartig die Inhalte des Großen Buches ab. Besteht die Seele die schriftliche Prüfung, wird sie vom Großen MAN noch einmal eine halbe Stunde lang mündlich geprüft. Bei ebenfalls bestandener mündlicher Prüfung geht man ein in die Hallen der Glückseligkeit und hat die Ehre, dem Großen MAN für den Rest der Ewigkeit zu dienen, in einem Amt, welches zu einem passt und einem immer große Freude bereitet. Besteht die Seele des Verstorbenen die Prüfungen nicht, weil sie zu Lebzeiten faul gewesen ist, so wird sie zu Faulwurst verarbeitet, der Leibspeise des Großen MAN und von diesem feierlich verspeist."*

„Faulwurst", wiederholte Fritz, „das ist so ziemlich die absurdeste religiöse Strafe, von der ich je gehört habe. Aber wie soll man es auch hinterfragen, wenn man in Angst leben muss und die einzige Quelle an Informationen aus solchem Unfug besteht." Fritz rümpfte die Nase.

„Und wenn nun auch noch unzählige andere Welten bestehen und ich nach dem Tod auch nicht aufhöre zu existieren oder zum Großen MAN komme", Gott unterbrach den Gedanken leerte das Glas, „welchen Sinn soll es dann in der Existenz überhaupt geben? Es wäre wohl besser, nie geboren worden zu sein. Man bräuchte so vieles nicht zu ertragen. All die unschönen, schmerzvollen Erfahrungen. Das Gewicht großer Erkenntnisse."

Fritz zwirbelte an seinem Bart herum, nahm Gottes leeres Glas und füllte ihm ein neues wieder auf. „Nun, wenn man stirbt und doch nicht tot ist, vielleicht erlebt man das eigene Dasein immer und immer wieder, ohne sich daran zu erinnern. Vielleicht geschieht das mit Ihnen. Der Chef beschließt, sie drehen eine Ehrenrunde, und sie werden noch einmal in ihren alten Umständen geboren und durchleben alles noch einmal. Wie fühlt sich dieser Gedanke an?"

Gott runzelte die Stirn und tippte mit dem Zeigefinger auf der Theke herum. „Tja..." sagte er, „das wäre schrecklich. Ganz und gar schrecklich. Und wirklich sinngebend hört es sich auch nicht an. Ich hatte alles andere als ein zufriedenes Leben, glaube ich. Dann müsste ich das alles nochmal erleben, wohl auch noch ohne es zu wissen. Ganz schön sadistisch wäre das. Nein, Fritz, das würde ich nicht wollen. Dann lieber gar keine Existenz. Dann lieber wie eine Katze sterben und nicht mehr sein."

„Und was wäre, wenn Sie das alles schon unendlich viele Male erlebt hätten? Immer dasselbe? In allen Ewigkeiten der Vergangenheit?" Fritz stellte ihm das Bier hin. „Das wäre wirklich abscheulich."
sagte Gott und fügte dann hinzu: „Aber auch nur erst jetzt, wo ich
schon tot bin. Hätte ich den Gedanken zu Lebzeiten gehabt, hätte er
mich vielleicht zu sinnvollen Handlungen motivieren können."
„Wie haben Sie ihr Leben denn verbracht?" fragte Fritz.
„Ich habe mich immer viel um meine Mutter gekümmert. Das hat
mich fast um den Verstand gebracht." antwortete Gott. „Sie war
krank und brauchte ständig Hilfe bei so ziemlich allem. Und sie war
auch noch so verdammt respektlos dabei."
„Und wenn Sie das Gedankenspiel von gerade zu Lebzeiten gehabt
hätten? Hätten Sie Ihre Mutter dann sich selbst überlassen?"
„Nein, ich glaube nicht. Aber vielleicht hätte ich mich nicht so sehr
von ihr ausnutzen lassen. An der Gesellschaft und den Regeln des
Buches hätte ich nichts ändern können. Es hieß bei uns, den Eltern
wäre man ein Leben lang verpflichtet, weil sie einen auf die Welt
gebracht haben. Und das sie immer schlauer sind als man selbst,
weil sie länger gelebt haben."
„Aber Sie haben doch nie danach gefragt, geboren zu werden?"
„Sagen Sie das dem Buch." seufzte Gott. „Sagen Sie das dem Buch."
Er trank einen Schluck Bier und verstummte eine Weile.

Fritzens Umrisse verschmolzen mit dem Hintergrund im wechselnden Licht. Er wirkte mal älter und mal jünger auf Gott, je nachdem,
welche Konturen seines Gesichts die jeweilige Farbtemperatur her-
ausarbeitete. Die bewegenden Wesen seitlich seines Sichtfeldes
schmiegten sich an ihn, umflossen ihn, und als Gott kurz nach seiner Hand am Glas blickte, war es, als flüchtete etwas von dort rasch
ins Ungewisse.
„Das Gedankenspiel", fuhr Gott dann fort, „Dieses Immer-wieder-
die-gleiche-Geschichte-leben-müssen. Das ist doch hoffentlich wirklich nur ein Gedankenspiel, oder?"
„Ich weiß es nicht." sagte Fritz. „Dieser Gedanke war mir einmal ein
Wegweiser, aber ich habe viel erlebt und noch mehr durchdacht

und letztlich alles an der großen Anzahl der Möglichkeiten wieder relativiert. In einem unendlichen Universum ist vermutlich alles möglich, auch das Gedankenspiel. Aber für Ihren Fall glaube ich, dass der Chef etwas Besonderes mit Ihnen vorhat, ansonsten säßen Sie nicht hier."

„Wer ist er eigentlich, dieser Chef?"

„Nun, man kennt ihn in vielen Welten. Er ist schon eine gewisse Berühmtheit. Aber fragen Sie ihn am besten selbst, wenn er da ist. Und haben Sie keine Angst vor ihm oder seinen Entscheidungen, es passiert Ihnen nichts Bedrohliches."

„Angst habe ich keine, aber ich glaube, ich sollte welche haben."

„Sie sind verunsichert, das ist normal. Das Gedankenspiel, wenn wir es noch einmal benutzen, was macht es mit Ihnen jetzt in genau diesem Moment, wo sie hier sitzen und in der Lage sind, es sich einmal gutgehen zu lassen?"

Einen Moment überlegte er. Dann sah er sich das Bierglas an, betrachtete es von allen Seiten und trank daraus. Er betrachtete den Geschmack eine lange Weile, bevor er schluckte und achtete auf das Gefühl, als es die Kehle herunterfloss. „Es macht diesen jetzigen Moment in jedem Fall sehr wertvoll." sagte er schließlich. Fritz lächelte.

„Schön, dass Sie es so sehen können. Vertreiben wir uns also ein wenig die Zeit und versuchen wir, Sie etwas aufzumuntern, damit Sie auf andere Gedanken kommen. Sie sagten gerade, Sie interessieren sich für Katzen?"

Fritz nahm das Buch und blätterte.

„Ja, ich hatte einmal eine. Heimlich. Über eine lange Zeit. Wir sind gute Freunde gewesen. Als meine Mutter es mitbekam, musste ich sie abgeben." Gottes Tonfall war dunkel, als er dies sprach, und sein Blick fiel wieder in Richtung des Aschenbechers. „Wahrscheinlich haben sie sie umgebracht."

„Ah, da haben wir es ja: *Katzen sind der Feind von allem, was man macht, und verführen einen zu dem, was man nicht macht. Katzen sind bei Sichtkontakt sofort zu ignorieren und der Gemeinschaft,*

also UNS, zu melden. Ihnen darf keine Aufmerksamkeit zuteilwerden, denn das stärkt ihre Macht. Wer einer Katze hilft, ihr Unwesen zu treiben, muss den Rest seines Lebens in seiner Behausung verbringen. Oh, ist Ihnen das etwa passiert?"

Gott schwieg. „Verzeihen Sie, das wusste ich nicht. Da will ich Sie aufheitern und reiße noch alte Wunden auf." Fritz schlug das Buch zu und legte es beiseite.

„Schon gut." sagte Gott beschwichtigend. „Es ist lange her, aber doch nie vergessen worden. Die Folgen waren einfach zu groß. Aber ich glaube, ich wüsste schon, was mich aufheitern könnte. Würden Sie mir vielleicht noch eins von diesen wunderlichen Getränken zusammenbrauen? Vielleicht noch einmal etwas anderes? Auch wenn die Situation so seltsam ist, ich muss zugeben, selten so viel Spaß gehabt zu haben. Auch abseits meiner eigenen Geschichte. Ich glaube, mich umzubringen war eine gute Idee, so seltsam das klingt." Fritz musste über diese Aussage schmunzeln und ließ seinen Blick über das Meer aus bunten Flaschen schweifen.

„*Bloody Mary*?" fragte er.

„Was auch immer das ist, es klingt nicht verkehrt." sagte Gott und zündete sich eine Zigarette an. Fritz ließ seine Hände im Halbdunkel rotieren, und wenig später hatte Gott ein blutrotes, eisiges Getränk in der Hand, das ihm sichtlich Vergnügen bereitete.

„Wissen Sie Fritz, mein ganzes Leben habe ich gehofft, dass alles mit mir stimmt. Wie Sie gesagt haben, es ist hart, wenn man nur eine Informationsquelle hat und alle ihr vertrauen. Das Absurde ist ja auch, die Erschaffer all dieser Regeln sind irgendwann im Laufe der Zeit alle verschwunden und immer neue Generationen haben wiederholt, was die vor ihnen erschaffen haben."

„Hier ist ein anderes Gedankenspiel. Ein paar empfindende, intelligente Wesen wie Sie und ich, nennen wir sie der Einfachheit halber Affen, leben in einem kleinen, abgesperrten Raum, den man gut als ihre Welt betrachten könnte. In der Mitte platzieren wir ein begehbares Podest und legen etwas für Affen sehr Schmackhaftes darauf, vielleicht eine Banane. Was, denken Sie, wird passieren?"

„Nun ja, diese, ähm, Affen, werden vermutlich versuchen, auf dieses Podest zu gelangen um dieses Banane-Ding zu kriegen."
„Richtig." sagte Fritz, „Und sobald der erste damit anfängt, erhalten alle anderen Affen außer ihm einen Elektroschock."
„Elektroschock? Was ist denn das nun wieder?"
Fritz überlegte und legte die Stirn in Falten. „Sagen wir einfach, sie erhalten eine Art schmerzhafte Strafe aus dem Nichts heraus. Den Ursprung können sie nicht feststellen. Eine Strafe, die ihnen klar macht, man darf nicht den schmackhaften Gegenstand berühren. Wie denken Sie, wird es weiter gehen?"

„Ähm, nun ja, wenn es häufiger vorkommt, werden die Affen ein Gesetz erlassen, dass es verbietet, diesen Gegenstand zu entwenden, da das der Allgemeinheit Schaden zufügt. Vielleicht wird man denjenigen, der es doch tut, irgendwo einsperren."
„So oder so ähnlich. Bei Affen ist es einfacher. Sie werden denjenigen, der es wagt, die Banane zu klauen, einfach verprügeln." sagte Fritz. „Und jetzt entfernen wir nach und nach einzelne Affen aus dem Raum und ersetzen sie durch neue Affen, die das Gesetz gar nicht gelernt haben und auch nichts vom Elektroschock wissen."

„Dann wird irgendwann auch jeder neue Affe das Gesetz verstanden haben, weil er, sobald er es bricht, verprügelt wird." schlussfolgerte Gott. Ihm ging ein Licht auf. „Ach so, ich verstehe worauf Sie hinaus wollen. Irgendwann ist keiner der ersten Affen, die den Grund für das Gesetz kannten, mehr da."

„Genau. Und so ist es mit allen gesellschaftlichen Übereinkünften, logischen wie unlogischen. Man hinterfragt sie nicht, und den meisten innerhalb der betreffenden Gesellschaft fallen diese Übereinkünfte auch gar nicht auf. Man lebt einfach danach. Irgendwann haben die Affen den Elektroschock vergessen, weil sie ihn persönlich nicht erfahren mussten und halten sich trotzdem an dieses Gesetz."

„Und es ist auch schwierig, diese Strukturen dann in Frage zu stellen, wenn sie einem überhaupt auffallen. Ich meine, man wird ja dann als Idiot hingestellt, als Unwissender und muss sich beschimpfen lassen."

„Je nachdem, wie viel Freiheit dem Einzelnen zur Verfügung steht, kann es bei Verstößen entsprechende Ahndungen geben. Das kann so sein, muss aber nicht. Es gibt auch Welten, mit so viel Freiheit, dass es der Gesellschaft als Ganzem furchtbar egal ist, was der einzelne tut oder denkt, oder was er sagt, solange niemand darunter leiden muss. Man könnte als Faustregel nehmen, je offener eine Gesellschaft für neue Einflüsse ist, desto freier sind ihre Bestandteile in ihrer Entfaltung. Aber dort entstehen dann wieder andere Kuriositäten im Umgang miteinander, und auch jede Menge seltsamer neuer Erkrankungen."

Beide schwiegen wieder eine Weile. Gott nippte an seiner Bloody Mary, drehte sie im Licht und betrachtete sie von allen Seiten.

„Ich mag Katzen." sagte er dann. „Ganz grundsätzlich."

„Ja, sind schöne Wesen." sagte Fritz. „So eigenwillig und unbezwingbar. Sie verkörpern vieles, wonach man sich sehnen kann. Selbstbestimmung. Handeln danach, wie man sich gerade fühlt, angemessene Bewaffnung, freie Sexualität. Bei uns sagte man früher, Katzen kämen vom Teufel – das war lange Zeit die ausgedachte Instanz zu allem ausgedachten Bösen in unserer Welt – und möglicherweise ist da auch mehr dran, als man glaubt. Andere Kulturen betrachteten sie angeblich selbst als Götter, da sie das Ungeziefer im Getreidespeicher eindämmten, das zu jener Zeit ein enormes Problem darstellte."

„Gewissermaßen ist also schon was an dem dran, was das Große Buch sagt. Wer ein freies Wesen sieht, will vielleicht ebenfalls etwas freier sein und könnte auf die Idee kommen, gegen Regeln zu verstoßen. Deswegen müssen wir freie Wesen meiden, damit uns unsere eigene Unfreiheit nicht auffällt."

„Und sie notfalls zerstören." fügte Fritz hinzu. „Es ist immer genau das Gegenteilige von uns, das wir in etwas sehen, das wir hassen. Und das macht uns Angst. Ganze Kriege entstehen so. Völkermord. Was bin ich froh, dass ich so etwas nicht haben muss."

„Nee, das muss ich auch nicht haben." Gott lallte leicht und trank sein Getränk in einem Zug aus. Dann hielt er kurz inne und starrte gedankenverloren in die Ferne. „Aber..." fing er dann an, als sei ihm eine Erleuchtung gekommen. „Aber, ein Bier muss ich glaube ich noch haben. Jawohl, noch ein Bier, bitte! Da hat man was in der Hand und ist länger damit beschäftigt."

Fritz zog die Mundwinkel zu einem Lächeln nach oben und tat wie sein Gast verlangte.

„Eine Gesellschaft entwickelt also immer Mechanismen, um sich vor dem, was sie hasst und fürchtet, selbst zu schützen."

„Ja." sagte Fritz. „Es ist vielleicht auch so: Je mehr Regelungen bestehen, desto mehr Hass und Furcht verbirgt sich dahinter. Denn alles hält sich ja immer irgendwie die Waage. Chaos, Ordnung, Chaos, Ordnung. Wir sind dazu in der Lage, uns Dinge nur vorzustellen, deswegen entwickeln wir Vorstellungen von Chaos und bekämpfen diese mit neuen und besseren Vorstellungen von Ordnung, schieben diese immer hin und her und stapeln sie höher und höher, wie wir es gerade eben so brauchen. Irgendwann guckt man dann nach unten und bemerkt, dass das alles nur unbedeutender Mumpitz ist, der dann in sich selbst zusammenfällt." Fritz hielt einen Moment inne und überlegte. „Es ist schon spät, der Chef wird gleich erscheinen. Ich werde schon einmal die Vorkehrungen treffen."

„Was denn für Vorkehrungen?" Gott war nun doch wieder leicht beunruhigt. Es behagte ihm nicht, nicht zu wissen, was mit ihm geschehen sollte.

„Ach, nicht viel. Er trinkt nur gerne fürs Erste einen Martini, wenn er eintrifft, und raucht dabei seine Zigarre. Er hat es gern, wenn alles schon frisch bereitsteht, und er ist immerzu pünktlich."
„Aber Sie sind doch so flott bei der Sache, Fritz!"

Fritz rollte mit den Augen. „Das schon, aber..." Sein Kopf verschwand unter der Bar. „Das hier...", keuchte er und hievte ein enormes Stielglas, viermal so groß wie Gottes Kopf, auf den Tresen. „Das hier ist dann doch etwas zeitaufwändiger."

Zu Gottes Erstaunen fing Fritz nun an, erst eine, dann zwei, dann drei, insgesamt zehn volle Flaschen in ein enorm großes, mit Eis gefülltes Mischgefäß zu füllen, sich dann die Stirn abzutupfen und den Inhalt im Anschluss sorgsam durchzurühren. „Wissen Sie, ich bin enorm froh darüber, dass er ihn *gerührt und nicht geschüttelt* trinkt." Mit Hilfe eines großen Siebes und mit hochrotem Kopf goss Fritz die Flüssigkeit mit größter Vorsicht in das monströse Glas, stellte das Rührgefäß ab und betrachtete das Resultat angestrengt von allen Seiten, auf der Suche nach dem Tropfen, der danebengegangen war. Er fand keinen.

„Sie machen das wirklich ziemlich gut." lobte Gott anerkennend. Zu seinem Erstaunen hatten sich die zehn geleerten Flaschen in Zwischenzeit wie durch Zauberhand wieder aufgefüllt.
„Das will ich hoffen, ich mache es seit annähernd einhundert Jahren."

Gott bewunderte den Mann mit dem Schnauzbart und wünschte sich insgeheim, ein wenig mehr wie er zu sein. Welten bereisen, fremde Völker sehen. Geschichten erleben und Schlüsse daraus ziehen. Vor lauter Sinnlosigkeit der Größe der Welt nicht den Mut verlieren. Vollkommen frei von Repression und Unterdrückung leben können. Er senkte den Kopf, in der Überzeugung, für ihn sei es längst zu spät dafür und er hätte seine Zeit längst vertan.

Als hätte Fritz seine Gedanken gelesen – was er auch tatsächlich getan hatte – sagte er zu Gott: „Kommen Sie, spielen Sie sich selbst nicht so herunter, nur weil Sie ein einziges schlechtes Leben hinter sich haben. Sie sind hier aus einem speziellen Grund, den Sie noch erfahren werden. Dieser Grund verheißt Ihnen nur Gutes, soviel steht fest."

„Und ich habe eigentlich auch bislang einen sehr schönen Tag gehabt. Aber irgendwie glaube ich noch nicht so recht daran."

„Sie werden sehr viel Neues lernen und erfahren. Das wird für Sie sehr anstrengend werden, aber es wird sich lohnen, versprochen."

Gott wirkte zermürbt, rutschte auf dem Hocker hin und her und kratzte sich im Gesicht herum. Dann zündete er eine Zigarette an, starrte auf den Boden und versuchte, die Gedanken zu ordnen, die gerade auf ihn einströmten. Dann sah er wieder auf.

„Wissen Sie, Fritz, im Grunde meines Herzens bin ich immer ein sehr wehleidiger und fauler Kerl gewesen. Jede Anstrengung ist mir zuwider, und mein Harmoniebedürfnis ist sehr groß. Ich bin ein Feigling. Ich meine, alle Lebewesen wollen ja im Grunde nur irgendwie klarkommen, mit sich selbst und ihrer Existenz. Mir ist aber ganz und gar unklar, wie man das bewerkstelligt bei diesem gigantischen Wust an Möglichkeiten. Und dann kommen irgendwelche Leute daher, teilen alles auf in Schwarz und Weiß und wollen einem was vom Pferd erzählen. Und man glaubt es auch noch, weil man nichts anderes kennt. Das macht mich wütend. Auch jetzt noch habe ich ein schlechtes Gewissen für rebellische Gedanken. Dass sie mir sogar Spaß machen. Da ist so viel Trägheit und Angst in mir."

Fritz schaute ihm fest in die Augen und tippte mit dem Zeigefinger auf den Tresen.

„Sie haben lange Jahre in Gefangenschaft gelebt. Begrenzt auf Ihre vier Wände. Dort haben Sie anstrengende, vermutlich äußerst unsinnige Verpflichtungen erfüllt. Sie haben die Angst, die Sie lähmt langsam und schrittweise gelernt. Sie wurde Ihnen eingeimpft, Sie sind gar nicht dafür verantwortlich. Diesen Prozess kann man lösen und umkehren. Ebenfalls langsam und schrittweise. Immer nur eine Sache auf einmal. Eine schnellere Lösung gibt es nicht."

„Aber wie soll man das Leben und die Welt nehmen, wenn sie so unsinnig, so groß, so ins Ewige an ihrer eigenen Verwirrung wachsend erscheint?" fragte Gott ratlos.

„Trotzdem." sagte Fritz energisch und strich sich über den Bart. „Voll und ganz. Die Existenz ist das einzige, was wir haben."

Das pulsierende Licht hatte unbemerkt begonnen, an Intensität zu verlieren. Gleichsam, mit einer nebelhaften, sich ausbreitenden Dunkelheit war es, als schränke sich Gottes Wahrnehmung ein. Irgendetwas passierte hier. Fritzens Umrisse wurden unklarer und es war ihm, als wäre dieser plötzlich um hundert Jahre gealtert. Hastig trank er einen Schluck Bier, in der Angst, diese Schwärze würde ihn ergreifen und für immer verschlingen. Die verspielten Figuren an den Rändern seiner Sicht flüchteten aufgeregt vor dem Unbestimmten, das die Szenerie von außen ergriffen hatte und nun wie eine tosende Welle auf sie einschoss. Erneut vernahm Gott den immer lauter werdenden, rauschenden Sog, der ihn einhüllte, dann löste sich alles vor seinem Auge – Fritz, die Bar, der Hintergrund – in ungeheurer Schnelligkeit in einem unsagbar lauten Nichts auf, das schließlich, so schnell wie es gekommen war, wieder verebbte, um die Dinge wie sie gewesen waren, mit dem Ton eines leisen Kicherns wieder frei zu geben.

So unheimlich schnell das Phänomen wieder verschwand, so schnell leerte Gott nun sein Glas und knallte es danach heftig zurück auf den Tresen. Er starrte ungläubig auf Fritz, der wieder vor ihm stand und mit beschwingter Miene ganz selbstverständlich ein Glas polierte. Es war ganz sicher Fritz. Aber nun im Körper eines jungen Mannes. Was geschah hier?

Sein Blick fiel nun auf seine eigenen Hände, und er sah, dass, was auch immer geschehen war, ihn ganz offenbar ebenfalls verjüngt hatte. Paralysiert starrte er nun wieder Fritz an, und der zurückgekehrte Farbwechsel der Beleuchtung bestätigte ihm, dass er sich nicht getäuscht hatte. „Was war das, was ist geschehen?" Die Frage verklang im Raum, nichts geschah. Fritz polierte seine Gläser. „Nichts Besonderes. Ein unbedeutender Energieaustausch." Gott zuckte zusammen. Neben ihm saß noch jemand.

Erst waren da zwei blitzende Augenpaare, in einer Farbe leuchtend, wie Gott sie nie zuvor gesehen hatte. Wo er herkam, gab es keinen Namen dafür. Anschließend verdichteten sich rundherum grobe Ahnungen in hoher Schnelligkeit zu zackigen, struppigen Konturen und erstarrten schließlich zur Gestalt einer riesenhaften, nachtschwarzen Katze, die wie selbstverständlich neben Gott auf einem Barhocker saß, gekleidet in einen blutroten Morgenmantel, ähnlich seinem eigenen. Sie zwinkerte ihm zu und griff dann mit der Pfote rasch zu dem großen Glas, um es sich zum Mund zu führen und einen tiefen Schluck daraus zu nehmen.
„Aaah." sagte die Katze dann. „Schon besser. Vielen Dank, lieber Fritz!"
„Ich habe zu danken, Herr." Fritz nickte leicht mit dem Kopf.

Ein Moment des Schweigens verstrich.
„Sie sind also eine Katze?" fragte Gott vorsichtig.
„Oh, ein Auge für das Offensichtliche, wie schön." Die Katze lachte. „Ich kann vieles sein. Je nach Belieben. Diese Gestalt ist mir persönlich sehr angenehm. Und wenn ich mich nicht täusche, sehen Sie das genauso. Sie mögen doch Katzen, nicht wahr?"
„Dieser Tag besteht nur aus vollkommen hanebüchenem Unsinn." seufzte Gott und ließ seinen Kopf auf den Tresen fallen.

LEHMEYER 9/15

Enter Nyarlathotep

Fritz hatte ihm unaufgefordert ein neues Bier hingestellt. Mit dem Kopf auf dem Tresen liegend hörte er ihnen zu, wie sie sich angeregt unterhielten, wie es alte Freunde tun. Die Katze zündete sich eine große, schwarze Zigarre an und hatte ihm viel zu erzählen. Sie verwendeten Worte, die er nicht kannte und lachten über Witze, deren Humor sich ihm nicht erschloss. Es schien dabei jedoch nicht um ihn zu gehen. Geschichten und Anekdoten über allerlei Wunderliches, eigentlich zu phantastisch, um wahr zu sein. Andererseits war der Raum, in dem er sich befand, ein recht wunderlicher Ort. Die Konzentration verließ ihn nach und nach. Seine Augenlider wurden schwerer und schwerer. Die Müdigkeit hatte ihn gepackt und zog ihn langsam hinab in ihr Reich. Immer und immer weiter rückten die Geschehnisse des Ortes aus seinem Geist.

„Nicht schlafen, Sie lösen sich sonst auf." Die Katze zog ihn mit der Pfote recht grob am Ohr und holte ihn ins Hier und Jetzt zurück.
„Auflösen, ich?" Gott gähnte. „Entschuldigung, ich muss wohl etwas müde geworden sein."
„Ja, auflösen. Ernsthaft." sagte die Katze streng. „Sie haben nicht gelernt, sich an sich selbst zu erinnern, und dieser Raum hat nicht die materielle Verdichtung der Welt, aus der sie stammen. Sie müssen sich eine Weile zusammenreißen, sonst löst sich ihre Substanz auf, und Sie vergehen im Nichts."

„Ich höre Ihre Worte, aber ich verstehe sie nicht."
„Das macht erst mal nichts. Sie werden wie jedermann langsam lernen und nach und nach verstehen." Die Katze hatte ihren Martini schon zur Hälfte ausgetrunken und blies dicke Rauchkringel in die Luft.
„Wer oder was sind Sie eigentlich?" Die Frage schien seinen Gastgeber zu amüsieren. „Es ist kein Wunder, dass Sie das fragen. Sie kommen vom einzigen mir bekannten Planeten in den Multiversen, wo sie aus dem Wort *Gott* einen ganz ordinären Namen gemacht ha-

ben, den jedes dritte Kind trägt. Irgendetwas von unserem Grund-satzprogramm an euch muss fehlerhaft verlaufen sein, denn eure Gene scheinen nicht das Problem zu sein. Vielleicht liegt ihr aber auch einfach nur zu nahe an eurer Sonne, und die Hitze bekommt euch nicht. Nichtsdestotrotz ein interessanter Ausnahmefall. Viele besondere Individuen kommen dort zustande, so auch Ihre Wenig-keit. Und Ihr Name..." Die Katze zuckte mit den Schultern, bevor sie fortfuhr. „Nun, in allen anderen Welten, die das Grundsatzpro-gramm erhalten, steht der Name Gott für die wichtigsten Prinzipien einer Kultur, meist in personifizierter, anthropomorpher Form. In vielen von denen kennt man mich sehr gut, da ich mich dort selbst in die Kultur eingepflanzt habe." Sie zog an ihrer Zigarre. „Ich selbst bin aber, wie soll man sagen, im Grunde nicht verschieden von den Individuen Ihrer Welt. Ich bin nur weitaus älter als die Ihnen be-kannte Welt und habe einen größeren Einflussbereich. Ich bin eine Art Wissenschaftler auf dem Gebiet des Verhaltens und vertrete die Interessen einiger sehr weniger, sehr alter und sehr fortschrittlicher Wesenheiten."

„In meiner Welt nannte man ihn über hunderte Jahre hinweg den Teufel", warf Fritz ein, „und man glaubte daran, dass er für alles Übel in der Welt verantwortlich sei."
„Ist er das?" fragte Gott, und die Katze rollte mit den Augen.
„Natürlich nicht", sagte sie und nahm einen Schluck aus dem Marti-niglas. „Alles Behauptungen. Schauergeschichten für Idioten."

„Das basiert auf dem Stille-Post-Effekt. In einer frühen Versuchsan-ordnung mit Primaten Ihrer Art ist mal eine schlechte Fotografie von mir verwendet worden. Irgendwer, möglicherweise mein geistig verwirrter Verwandter Azathoth, hat das verschuldet. Es war ein Angst-Test, der Bestrafung mit einschloss. Als wir die Testobjekte dann ins Habitat freigaben, fingen sie an, Wesen mit spitzen Hör-nern auf dem Kopf an Höhlenwände zu kritzeln. Diese Primaten wurden sechstausend Jahre später zu den Raumfahrern, die den Planeten Erde, von dem Fritz stammte, mit Leben besiedelten. Und den ältesten Unsinn haben sie natürlich mitgeschleppt und ihn an wer weiß wie vielen Orten im Kosmos noch verteilt. Das Märchen vom Teufel stammt von einem schlechten Foto einer Katze. Und diese Katze bin ich."

„Sie genießen es, der Teufel zu sein." sagte Fritz.

„Ja, zeitweise schon..." gab die Katze zu und grinste.

Gott hatte die Ausführung nicht im Detail, aber im Groben verstanden. Seine eingangs gestellte Frage hatte jedoch noch keine befriedigende Antwort gefunden. „Sie sind also Wissenschaftler? Und was machen Sie so den ganzen Tag?"

Die Katze wirkte amüsiert über die Frage. „Oh, ich stehe früh auf, mache viel Sport, Meditation und andere Übungen. Ich bilde mich so gut ich kann, und abends mische ich mich dann meist unter die Leute. Hin und wieder tritt man an mich heran und erteilt mir einen Auftrag, der mich ein paar Jahrhunderte lang beschäftigen kann. Aber im Moment gönne ich mir Freizeit und verfolge wieder meine eigenen Projekte."

„Ja, das klingt sehr vernünftig." sagte Gott und wusste nicht so recht, was er nun noch sagen sollte, deswegen schwieg er.

Die Katze rauchte vergnügt ihre Zigarre, und Fritz polierte Gläser.

Die eintretende Stille war Gott zutiefst unangenehm, so dass er begann, sehr hastig und schnell sein Bier zu trinken und eine Zigarette nach der anderen zu rauchen. Fritz schenkte ihm wortlos nach.

Sicher, alles hier war verrückt, und es wurde verrückter und verrückter. Dermaßen abwegig, dass es auf Ihn schon ungeheuer normal wirkte. Wie viele Gläser gab es eigentlich im Nicht-Lokal, die Fritz noch hätte polieren können? Gott war sich auch nicht sicher, ob ihm die Anwesenheit des Neuankömmlings gefiel oder nicht. Er konnte jedoch die Aufmerksamkeit nicht von ihm abwenden, etwas hielt ihn an ihm fest. Instinktiv wusste er aber, dass der Fremde nicht der Grund für sein Unbehagen war, sondern seine eigene Un-

wissenheit und Naivität, die der Fremde ihm nur vorspiegelte. Fritz'
Geschichten hatte er teilen können, sie waren ihm unbekannt und
doch irgendwie vertraut gewesen. Hier aber saß die leibhaftige Ver-
körperung eines Tors in unvorstellbare Welten, und Gott wusste
nicht, wie er eintreten konnte. Er hegte das starke Verlangen, mit
diesem Wesen Austausch zu pflegen, aber er wusste nicht, wie er
das bewerkstelligen sollte, da ihm dieses wundersame Geschöpf so
entfernt erschien, obwohl es doch direkt neben ihm saß. Und er
selbst kam sich in seiner Gegenwart so unwürdig vor, so verschwin-
dend gering. Das waren aber nur seine Gedanken, und die spiegel-
ten keineswegs die Realität wieder, die er noch nicht kannte, und
genau das ärgerte ihn am meisten. Was mochte der Fremde von
ihm denken? Ja, es ging hauptsächlich darum. Wie stand er, Gott,
vor diesem Fremden da?

„Eins nach dem anderen, immer einen Schritt auf einmal." sagte
Fritz, als habe dieser seine Gedanken gelesen, was er auch tatsächlich getan hatte.

Gott wusste, dass er Recht hatte und gab sich Mühe, dem Karussell
in seinem Kopf keinen weiteren Antrieb zu geben. Er zwang sich,
das Denken einzustellen und starrte vorerst still vor sich hin ins
Nichts. Dies tat er dann für eine ganze Weile und hielt es für das
Beste, was er hätte tun können.
Die Katze rauchte ihre Zigarre, Fritz polierte Gläser, und Gott starrte
so angestrengt, dass ihm die Augen schmerzten. Die Müdigkeit
schlich sich erneut an ihn heran und ließ ihn gähnen. Die Zeit verstrich gnadenlos, ohne dass auch nur ein Wort fiel. Fritz schenkte
ihm wortlos Bier nach, das er wort- und gedankenlos in sich hinein-
goss. Und widerspräche diese Gesamtsituation in ihrer Erscheinung
nicht so sehr der Normalität, hätten alle drei wohl ewig in diesen
Tätigkeiten verharren können.

Es ging hier um ihn, fiel es ihm ein. Schritt eins. Es ging um ihn, keine Frage. Er war irgendwie der Urheber der Situation, das wusste er

instinktiv, und als dieser Urheber musste er entscheiden, wie es weiterging, *dass* es überhaupt weiterging. Der Gedanke kam plötzlich, wog schwer und musste zwingend seine Perspektive auf den Kopf stellen. Möglicherweise war es der wichtigste Gedanke seines Lebens oder vielmehr Nicht-Lebens. Oft vermutet, manchmal angedacht, aber nun erst angekommen und fest in seinem Gesamtgewicht begriffen. Es war seine Existenz. Und nur seine allein. Er war kein Spielball der ihn umgebenden Wellen. Er war er und nur er allein. Was bedeutete das?

Basierend auf diesem Gedanken, verspürte er einen leichten Anflug von Sinnhaftigkeit in diesem verworrenen Geschehen. Ein die Situation auflösendes Element, das unter der Oberfläche auf ihn gewartet hatte und nun durch die Konstellation der Umstände zu Tage trat. Unter seinem angelernten Gefühl von Minderwert und Hilflosigkeit war er stets frei gewesen. Das erschreckte ihn. Er selbst, als freier Herr über seine Existenz hatte den innigen Wunsch gehegt, diesen Kontakt herzustellen. Das, was hier geschah, geschah so, weil es sein eigener Wunsch gewesen war, dieses Wesen zu treffen. Schon immer. Mit eigenen Augen zu sehen, dass ein *Darüberhinaus* über die Belanglosigkeit der regulären Dinge möglich war.

„Sie sind frei. Das haben Sie richtig erkannt." sagte die Katze und es war ihm, als blitzen ihre seltsam gefärbten Augen bei diesen Worten auf. „Darum sind sie hier. Aus freien Stücken. Sie wollten es so. Kitschig und irgendwie einfach, nicht wahr?"

„Aber wie?" fragte Gott. „Wie konnte ich überhaupt um Sie wissen?"
„Sie sind ein Teil von mir, naturbedingt. Das waren Sie immer. Daher kommt auch das, was sie als rebellische oder als abwegige Gedanken empfinden. Es ist meine eigene Eigenart."

„Wie kann ich ein Teil von Ihnen sein?" fragte der nun freie Gott und verzweifelte erneut.

„Ein Aspekt, um es genauer zu sagen. Ein Container meiner Essenz und Lebenskraft. Und eine verlorengegangene, heimgekehrte Erinnerung. Im Laufe der Zeit machen wir viele unzählige Erfahrungen, aber davon können wir nicht alle für die Ewigkeit behalten. Die ältesten gehen uns stets verloren, und manche von ihnen fangen an, ein Eigenleben zu führen, wenn man ihnen zuvor genügend Betrachtung geschenkt hat. Dabei verlieren sie jedoch die Prägung nicht, die ihnen das Wesen verlieh, durch das sie entstanden sind. Sie kennen doch Träume, nicht wahr?"

„Natürlich."

„Im Normalfall sind sie unstete, schnell flüchtige Erfahrungen mit hoher Zerfallsrate. Und doch schließen sie die Möglichkeit ein, ganze Welten zu erschaffen. Der disziplinierte Geist vermag sie zu halten. Die ältesten Wesen der Multiversen sind nichts weiter als beständige Träumer, deren Gedanken und Aspekte wir sind. Und, auch wenn es oftmals den Anschein hat, steckt trotzdem kein großer Plan dahinter, zumal Alter auch nicht mit Weisheit gleichzusetzen ist."

„Träume ich jetzt? Ist das hier alles ein Traum?"

„Natürlich." sagte die Katze. „Es gibt nur Träume und das Wechseln zwischen den Träumen, das Aufwachen. Das ist alles. Die Inhalte sind allesamt so wahr, wie der Betrachter es verlangt.

„Wie sieht es aus mit dem Tod? Was ist der Tod?"

„Ein Vergessen. Das Auflösen von Ketten der Erinnerung. Die meisten Wesen kennen nur den eigenen Traum und glauben, er sei die ganze Wahrheit. Die erste falsche Entscheidung und die fatalste. Erst sackt ihre Hülle in sich zusammen, und haben sie sich in keiner anderen Welt gefestigt, verschüttet sich ihre Essenz und versinkt im Unbewussten."

„Was will ich hier? Und was ist Ihre Rolle?"

„Ihr ganzes Wesen sehnte sich stets nach Entrückung, Verzückung und nach Einweihung. Die ersten zwei Erfahrungen haben Sie heute schon gemacht. Ich werde Ihnen auch die dritte noch bescheren. Ich will, dass sie glücklich und zufrieden sind."

„Macht das Sinn?"

„Nur wenn Sie es wollen."

Die Katze hatte seit einiger Zeit seine Hand ergriffen, ohne dass er es gemerkt hatte. Sie sog die Dunkelheit aus dem Hintergrund in ihren Körper und leitete diese, angereichert mit einigen Teilen des ältesten Wissens der Multiversen, an ihn weiter. Die filigranen Wesenheiten an den Rändern des Sichtbaren tanzten vergnügt und freuten sich. Manche sprangen in den schwarzen Fluss und wurden ein Teil von ihm.

Gott wurde ruhig und gelassen. Er verstand, dass er nicht sterben würde; die Katze würde ihm endlich gestatten, nach und nach einzuschlafen. In Wirklichkeit jedoch glitt er ab in einen neuen, sich nach und nach deutlicher abzeichnenden Zustand eines anderen Ortes, der dunkel und bodenlos war. So wie Gottes Aufmerksamkeit sich schrittweise vom Nicht-Lokal und seinen Personen löste, so begannen diese, sich ebenfalls schrittweise zu verändern und behutsam ihre eigentlichen Gestaltformen anzunehmen, die sich wenig, aber signifikant von Gottes Sicht auf die Dinge unterschieden. Letztlich dann war Gott verschwunden, und die beiden kosmischen Wanderer blieben allein zurück.

„Was wird nun mit ihm passieren?" fragte Fritz und goss sich jetzt selbst etwas ein. „Das wird die Zeit zeigen." sagte die Katze. „Ich habe ihm das Standardprogramm für Primatenbesiedlung mitgegeben und ihn in den Simulator geschickt. Dort kann er nun ein paar Jahrhunderte ausprobieren und seinen Charakter formen. Er wird alles, was er braucht, im Überfluss haben, und irgendwann einmal schaue ich mir an, was er so gebastelt hat. Wenn es mir gefällt, mache ich ihn vielleicht zu meinem Assistenten. Der Junge hat Potential."

„Und was machen wir heute Abend noch?"

„Mach mir doch erst mal noch so einen schönen Martini. Ruhig nur einen kleinen. Wir haben einen guten Fang gemacht. Lass uns nachher doch noch etwas um die Häuser ziehen, das haben wir lang nicht mehr getan."

„Hört sich gut an. Wie in alten Zeiten." sagte Fritz und holte zwei neue Martinigläser unterm Tresen hervor. Begleitet von der nunmehr kaum noch hörbaren, wundersamen Melodie begann er damit, verschiedene Flüssigkeiten in einen Mischbecher zu gießen. Die Beleuchtung der Szene wechselte mal ruhig und gesetzt, mal schnell und hastig, ohne dass eine Regel erkennbar war.

Simulator

Gott wurde sich seiner selbst bewusst und verharrte in der stillen, bodenlosen Dunkelheit, um die neue Gewissheit dieser Empfindung voll und ganz auszukosten. Er wusste nun, dass seine echte Erscheinung eine körperlose war, für die Raum und Zeit nicht von Relevanz waren. Und wäre Gott nicht unter seinen nun abgelegten, irrationalen Ängsten nicht immer ein verspieltes Kind gewesen, hätte er die Ewigkeit in dieser Position verbringen können. Eine echte autonome Entität genügt sich lange Zeit selbst, und dennoch hat sie eine unstillbare Gier nach Erfahrungen jeglicher Art. Hier war er nun angekommen an der letzten Singularität seines bisherigen Wesens. Der nächste Schritt würde der erste sein in einem vollkommen neuen Dasein. In ihm bildete sich der Drang, in der endlosen Leere, die sein eigenes Wesen war, etwas zu sehen, und so begannen sich sogleich, schemenhaft Formen zu bilden. Sie waren jedoch noch nicht sichtbar genug, und so verspürte er den Wunsch nach Licht und Helligkeit, dem die wundersamen Mechanismen dieses Daseins sofort nachkamen.

Nachwort:
Brüllsaufen im Tal der Könige

Eene mene Mist, erst bist du und dann ist.

Was einem das Dasein so alles ungestraft einbrocken kann ist eigentlich eine zum Himmel schreiende Frechheit.

Da wird man am Anfang vollkommen grundlos in den Zustand des Seins gepresst, ohne dass man gefragt werden könnte, und dann heißt es auch noch sinngemäß: Schlimm genug, dass du da bist. Jetzt glaub gefälligst an den Herrgott, gehe arbeiten und zahle deine Steuern.

Dann *ist* man. Und zwar etwa 70 – wenn es gut läuft, auch 90 Jahre, und im Anschluss heißt es dann, man muss jetzt diesen Seinszustand wieder verlassen. Gerade, wenn man auf den Geschmack gekommen ist. Als würde man einem Kind den Lutscher wegnehmen. Ganz toll! Was, wenn ich gar nicht gehen will? Wenn mir das Leben trotz seiner dreisten Einfälle, die es hin und wieder hat, ganz gut gefällt?

„Mach dir nicht so viele Gedanken." sagen mir jene, die so vor sich hin sind. Und wie bitteschön macht man das? Lohnt es sich etwa? Helfen keine Gedanken dabei, die drohende Nichtexistenz zu ertragen? Wie hab ich mir das vorzustellen?

Dasein als Last entsteht aus der Depression heraus, welche einen wortwörtlich umnachtet, wenn man zu tief in die Leere blickt. Diese saugt einen aus und lässt nichts zurück. Doch da ist diese unbezwingbare Neugier, sie zu begreifen. Ein verzweifelter Balanceakt, den ich niemandem zur Nachahmung empfehle. Doch manchmal kann man sich die Dinge, die einem widerfahren, ganz einfach nicht aussuchen.

Dasein als Last ist im Prinzip ein Widerspruch in sich, denn objektiv betrachtet wiegt das Sein rein gar nichts für niemanden. Es sei denn, wir entscheiden uns dafür, und das sollten wir nach aller Möglichkeit auch tun, wollen wir nicht verrückt werden.

Die Erkenntnis des Nihilismus ist leider kein Mittel für ein Leben ohne Tod, aber sie kann einem zumindest Superkräfte verleihen, ganz ehrlich! Wenn wir denn wirklich mit allen Fasern unseres Wesens wahrnehmen können– und ich bin der festen Überzeugung, der Intellekt reicht hier nicht aus – wie sinnentleert das Dasein an sich ist, dann haben wir nur noch die Wahl zwischen sehr wenigen Möglichkeiten, wie wir mit dieser Erkenntnis umgehen können.

Wir könnten jetzt unsere Existenz sofort beenden. Eine harte Entscheidung, aber konsequent, wenn wir glauben, für uns selbst keinen reellen, bedeutsamen Mehrwert erschaffen zu können. Ich persönlich halte nichts davon. Ganz generell, ich verabscheue den Gedanken, nicht zu sein. Das ist pfui!

Wir könnten uns angstvoll unter der Decke verkriechen oder in unseren vier Wänden asozial vor uns hin vegetieren. Aus Furcht vor den Möglichkeiten, die da draußen lauern. Oder weil wir eh schon alles wissen, weil wir so ungemein klug sind und auf jede Frage eine Antwort kennen. Schon mal ein bisschen vorkompostieren für die Kiste. Eigentlich nicht schlecht, schließlich gibt es das Internet und YouTube.

Wir können die Sache aber auch cool angehen. Wie Batman. Mit dem Unterschied, dass unsere Story sehr viel realer ist. Wir können uns mit der Leere verbünden. Denn wenn es eins gibt, was sie uns final und fatal mit auf den Weg gibt, dann, dass im Endeffekt alles, was wir tun und lassen, vollkommen egal ist. Das große Geheimnis lautet: Die Leere wiegt nichts. Also wiegt auch das Dasein nichts. Es gibt keine Last der Existenz, es sei denn, wir erfinden eine und stellen uns selbst wie ein Ochse unter ihr Joch. Dabei können wir jederzeit auch etwas anderes tun.

Die Geschichten in diesem Buch sind frei erfundene Projektionen von Verarbeitungsprozessen. Im Prinzip habe ich damit Exorzismus an mir selbst betrieben. Die Dämonen wurden an den Haaren gepackt und ans Tageslicht gezerrt, um sie dort zu betrachten, ihnen etwas Manieren und Anstand beizubringen, ihnen die Haare und Fingernägel zu schneiden, wie man es mit Kindern tut. Einige waren schwieriger zu erziehen als andere, aber so ist das nun mal mit Persönlichkeiten. Jetzt sind sie erwachsen und aus dem Haus. Ich bin kein bisschen traurig darum. Ganz im Gegenteil, das Haus ist geputzt und strahlt wieder in neuem Glanz. Noch einmal lüften, dann kann ich etwas Neues tun.

Tja, und dann ist da wieder die Frage, mit der immer alles anfängt.

Was stelle ich mit meinem Tag nun an? Brüllsaufen im Tal der Könige? Klingt gut, sogar irgendwie vernünftig. Warum auch nicht?

Sollte jemand nach der Lektüre dieses Buches auf die Idee kommen, alte Damen mit Wurst zu ermorden, ist er ein Vollidiot und gehört schwer bestraft. Gleiches gilt für das Ausbuddeln von Toten. Bleibt sonst noch etwas zu sagen? Ich hoffe, es hat Ihnen gefallen. Schalten Sie auch beim nächsten Mal wieder ein.

Hier an dieser Stelle sollte ich mich nun verbeugen, während Sie voller ekstatischer Freude aufstehen und anfangen, begeistert zu klatschen. Nun betritt auch der fabelhafte Künstler Andreas Lehmeyer die Bühne und der Applaus nimmt noch einmal deutlich zu.

Dann setze ich mich, neben den bereits wartenden Oliver Fehn, an einen großen Konzertflügel, hinter uns fällt der Vorhang und das Licht wird schwach. Die Kamera entfernt sich nun langsam von uns, während wir dieses alte Liedchen trällern:

„Das Publikum war heute wieder wundervoll,
und traurig klingt der Schlussakkord in Moll.
Wir sagen Dankeschön
und Auf Wiedersehen,
schau'n sie mal wieder rein,
denn etwas Schau muss sein -
und heißt es Bühne frei,
dann sind Sie mit dabei,
die Schau muss weiter geh'n, auf Wiedersehen...."
Also, ich denke, wir haben uns verstanden. Das Ritual ist beendet.
Oder, um es mit Peter Lustig auszudrücken: „Abschalten!"

SO
IT
IS
DONE

LEHMEYER 12/15

Die schwarze Pyramide

„The Dream Life Is The Only Life"

Shurpu Kishpu

Nachdem wir monatelang Horizont um Horizont abgeschritten hatten und nun schon in der dritten Woche durch das große Gebirge
zogen, hatte die vorerst letzte große Wanderung unserer Gemeinschaft ein abruptes Ende genommen.

In der Mitte des von einigen so pathetisch benannten „Schicksalsge-
birges" hätte laut den alten Karten jener Berg stehen müssen, den
man vor Hunderten von Jahren mit Hexentanz und Teufelsanbetung
in Verbindung brachte. Es erschien uns schon im Vorfeld merkwür-
dig, seine Silhouette am Horizont nicht wahrgenommen zu haben,
obwohl sowohl die Umgebung als auch die Position der Sterne am
Nachthimmel ansonsten korrekt waren. Am Rande eines nicht ver-
zeichneten Abgrunds mussten wir Halt machen, da der Weg mit einem Male überraschend endete und den Blick auf ein von uns uner-
wartetes Tal von erstaunlichem Ausmaß freigab.

Es schien, als sei dort, inmitten des massiven Gebirges, ein kugelför-
miger Hohlraum eingefügt worden. Nicht jedoch ein Krater, wie
durch einen Meteoriteneinschlag verursacht, sondern eine mit
großer Genauigkeit ins Gestein geschliffene, enorme Kugelform, die
sich vom Beginn des Abgrunds zu unseren Füßen bis zum Horizont
erstreckte und vermutlich, soweit wir es einschätzen konnten, denselben kurvenförmigen Verlauf in den dahinter liegenden Berg
schnitt.

Das Tal selbst erschien als blühende, grüne Oase in der ansonsten
kargen, von graublauem Fels geprägten Gebirgslandschaft. Wir sahen eine Herde großer Rinder und mehrere Gewässer an den Rän-

dern, die silbern schimmerten. Die späte Sonne beschien das Tal in seltsamen Violetttönen, deren Ursprung wir nicht ergründen konnten, aber vermutlich handelte es sich um Reflexionen irgendeiner im Berg vorkommenden Kristallart.
Im Prinzip ein guter Platz für unsere Zukunft.

In der Mitte des Tales jedoch erblickten wir – und hier sollte für unser Volk noch einmal ein Wendepunkt beginnen – schemenhaft und doch eindeutig die schwarze Pyramide. Einst ein Gerücht, Gegenstand vielfältiger Spekulationen und Ammenmärchen der kleinen Leute, aber nun stand sie in Sichtweite zu uns, mitten in diesem Tal, schlafend und anmutig. Eine erstaunliche und eindrucksvolle Wirklichkeit, die so plötzlich hereinbrach und Unbehagen unter uns säte. Den alten Leuten lief der Schweiß von der Stirn als sich die Nachricht herumsprach, Augen leuchteten angstvoll, und die Verwirrung der Alten brachte Kinder zum Weinen.

Erinnerungen von früher kamen hoch. Die Vorzeichen des Niedergangs, die hereinbrechende Realität des Himmelswanderers, der die Erde ein paar Dekaden zuvor ins Chaos stürzte. Alter Schreck ruht am tiefsten in den morsch gewordenen Knochen. Ich merkte sofort, dass die schwarze Pyramide auf irgendeine Weise zu mir zu sprechen schien, und ich grüßte sie zurück, auch wenn es mir seltsam erschien. Es war wie ein Widerhall alter Bilder und Gefühle. Gefühle, die nicht meine eigenen waren. Sie sprach auch zu anderen und hieß sie im Tal willkommen, aber diese konnten oder wollten ihre Stimme nicht hören.

Ein paar unserer Leute hatten nach dem Anblick der Pyramide sofort die Flucht ergriffen und dieser Effekt breitete sich wie ein durch die Luft übertragenes Virus aus. Väter, Mütter, Söhne und Töchter ließen ihre Familien im Stich und flohen, ohne noch ein weiteres Wort zu verlieren, aus Panik vor den alten Geistergeschichten über das uns bescherte Phänomen. Dies war die erste Fluchtwelle am

Ende der letzten Wanderung, die Flucht der Gedankenlosen. Ihr folgte beinahe ein Drittel unseres Volkes.

Die zweite Welle kam mit dem Morgengrauen, nachdem man Überlegungen angestellt hatte und vielen die gesamte Unternehmung nicht mehr gefiel und man den Verlust von Verwandten und Freunden beklagte. Sie dezimierte uns auf ein Minimum, wie es seit unseren Anfangszeiten nicht mehr bestanden hatte. Wir sind stark, wir können es hinnehmen. Die Jahre haben uns hart gemacht.

Gerade einmal drei Jahrzehnte, nachdem sich unser Volk in den Ruinen der menschlichen Zivilisation durch natürlichen Zusammenhalt gebildet hatte, zerfiel sein Mut durch den Anblick eines archaisch anmutenden Bauwerks, von dessen Idee und Zweck niemand eine echte Ahnung abseits von Vermutungen hatte.
Als Gruppe von zwei Dutzend Leuten mit einer Handvoll Kindern und Heranwachsender blieben wir übrig, immer noch vom Gedanken an eine neue Heimat getrieben. Wir hatten vom ersten Blick ins Tal an beschlossen zu bleiben, um uns an diesem verheißungsvollen Ort anzusiedeln. Nach all den Mühen und Strapazen der letzten Jahre, sind wir voll des Mutes und der Überzeugung, uns einen Platz wie diesen verdient zu haben. Die Pyramide schreckte die Verbliebenen nicht. Ich nehme an, auch sie hatten instinktiv ihren Willkommensgruß verstanden, auch wenn sie es nicht so rein und klar wahrnahmen, wie ich es tat. Die Pyramide schenkt dem Tal einen majestätischen Glanz. Wer auch immer sie einst errichtet hat, war mit dem Chaos und dem Niedergang längst verschwunden. Die Geistergeschichten der Alten – was wussten sie schon? Den Himmelswanderer hatten sie fehlgedeutet. Das Chaos und der Niedergang, daran waren die Menschen schuld.

Der größte Verlust ist der Verlust der Fähigen und der Geräte, die sie mitnahmen. Jeder in der Gruppe hatte unterschiedliche Aufgaben, manche handwerklicher Natur, andere übernahmen Führungs- und Beraterrollen. Unter den Beratern waren viele Leute mit einem spezifischen Fachgebiet oder auch Universalgelehrte. Sie bildeten den wahren Geist unserer Kultur, denn sie waren die Impulsgeber für Ideen und fungierten als Erhalter und Überlieferer für das Wissen, das von den Menschen der letzten Welt noch übrig geblieben war.

Sie hatten uns beigebracht, die verbliebene Technik zu gebrauchen und zu pflegen, damit sie uns langfristig einen Nutzen bringen würde.
So blieben uns nun noch wenige Leute, die als Lehrer einen größeren Fundus an Wissen weitergeben konnten, und langfristig würden wir auf die Klugheit unserer Kinder vertrauen müssen, die von Ihnen und vom Rest lernen mussten.

Ein weiser Mann erzählte mir einmal, dass unser Gehirn, wenn es in den Kindertagen eine Verletzung erleidet, seine beschädigten Funktionen wieder kompensieren kann, wenn es im Laufe der Zeit wieder heilte. Möglicherweise trifft das auch auf Gemeinschaften zu, die zu Völkern werden. Wir sind noch eine junge Gemeinschaft und erhalten uns unseren Optimismus. Zwei Computer bleiben uns, ebenso zwei kleine Generatoren, jede Menge Werkzeug, ein paar Waffen und ein Stapel alter Bücher, die wir aus Bibliotheken mitgenommen hatten. Den fehlenden Rest werden unsere Köpfe und unsere Hände zustande bringen müssen. Mit unserer Erfahrung und unserem Vertrauen wird es schon gehen.

Im Tal ließen wir uns in einem Waldstück nieder, dort wo man einfach und schnell Zugang zum Wasser findet. Dort bauten wir aus den uns umgebenden Materialien ein paar primitive Unterkünfte, die uns in der Anfangszeit gegen das Wetter schützen sollten, bevor wir uns daran machten, nach und nach etwas Beständigeres zu errichten. Die ersten Tage waren durchsetzt von Trauer um die Freunde, die uns verlassen hatten, aber wir verstanden dies keineswegs als das Ende. Im Kommen und Gehen von Kameraden und von Umständen jeglicher Art sind wir lange geschult worden. Es gehörte hier draußen seit jeher zum uns prüfenden Alltag.

Wenn der Abend kommt und wir uns beim Feuer versammeln, finden wir Trost in den Erzählungen und den Liedern, mit denen unser Volk seine Geschichte in eine für jeden verständliche Weise verpackt hatten. Die reine Essenz des Durchlebten. Nichts davon ist uns verloren gegangen. Wir würden neue Geschichten erleben und neue Erzählungen schreiben. Wenn wir eines Tages die anderen wiedertreffen sollten, werden wir einen gemeinsamen Ursprung haben und einen neuen Nährboden aus fruchtbaren Unterschieden. Unsere Lieder werden sich unterscheiden.

In den ersten Nächten, wenn ich Wache hielt und den Blick auf die Pyramide unter den Sternen gerichtet hatte, kamen mir die wundersamsten Gedanken. Ich erwischte mich bei wohligsten Zuständen, wie ich sie seit der Kindheit nicht mehr hatte. *Wir sind keine Menschen mehr* war einst unser Credo gewesen. Fernab von all dem unnatürlichen Druck, den die vergangenen, pervertierten Zivilisationen der Menschen mit sich brachten, waren wir frei uns zu entfalten und mit den eigenen Händen etwas wirklich Fundamentales aufzubauen. Den Grundstein für die Zivilisationen der Zukunft, denen wir durch unser heutiges Streben etwas wirklich Wertvolles vermitteln könnten. Wir waren nicht in die Steinzeit zurückgefallen, wie man vielleicht hätte glauben können. Wir hatten das Wissen der Menschen und ihrer Geschichte bewahrt, ebenso wie die eigene. Aus beidem zogen wir einen praktischen Nutzen. Hier beginnt überhaupt unser Selbstverständnis. Möglicherweise würden unsere Nachfahren dieselben Fehler wie die Menschen begehen. Keine Kultur ist perfekt. Aber ein initiierter Neuanfang, ein Impuls zu einer grundlegenden, Grund-erschaffenden Handlung ist ein sehr verantwortungsvoller, heiliger Akt. Und solange wir jeden einzelnen unserer Schritte in dieser Art der Achtsamkeit begingen, waren wir uns sicher, das Fundament einer gesunden Zukunft zu bilden. Wir dienten uns und unseren Nachfahren, die uns in guter Erinnerung behalten sollten, ohne uns heilig zu sprechen oder gar zu vergöttern. Unsere Freiheit zu erbauen und zu verteidigen war uns genauso ein Anliegen wie die Freiheit derer, die da noch kommen sollten. Das Gefühl, das einen erfüllt, wenn man in die Tiefen des Nachthimmels blickt, diese Sehnsucht sollte, kombiniert mit den menschlichen Wurzeln, von denen wir stammen, unsere Leitidee sein. Das Gefühl beim Anblick des Nachthimmels. Ein jeder kennt es. Es ist ein Appell an unser Innerstes, ein ewiger Auftrag. Man erkennt ihn nur, wenn man tief hineinblickt. Die Pyramide wirkt auf uns wie ein Verstärker dieser Sehnsucht und pflanzt uns Ideen in die Träume, wenn wir schlafen. Ich habe es den anderen nicht erzählt, aber es ist so. Sie ist unser weiser Führer.

Die Menschen. Anfangs hassten wir sie, aber Hass wird schnell zu einer Sackgasse, in der man allein im Dunkeln steht und sich die Finger an den Wänden wundkratzt. Hass macht einen blind und nimmt einem die Sicht auf die Dinge, wie sie sich ohne eigenes Wunschdenken darstellen. Prekäre Merkmale der Menschen waren die sklavische Abhängigkeit von ihren Empfindungen und das Unvermögen mit diesen zu haushalten. Die Tempel des „modernen" Menschen waren allesamt dazu erschaffen, diese Unzulänglichkeit zu bedienen, um eine kurzfristige Befriedigung zu erreichen. Unzulänglichkeiten, mit Blumen geschmückt und von sich behauptend, Engelschöre des Genusses darzustellen. Befriedigungen, die dazu dienten, Ängste und Frustration zum Schweigen zu bringen. Bunte Blumen aus nahendem Tod.

Und die Herrschenden waren sich dieser Tatsachen bewusst und befeuerten sie noch, um weiterhin mächtig und herrschend zu bleiben. Denn auch sie waren in diese Verhaltensfallen namens Lebensstil getappt, diesen Potpourris aus Ideen und Konzepten, was ein Mensch tut und was er braucht, um ein Mensch zu sein – um als ein Mensch vor Menschen zu gelten, damit man seinen Körper nach dem Ableben vielleicht mit etwas mehr Würde wegwirft als die Körper der anderen.

Dabei war der Mensch, bei all seinen Unzulänglichkeiten, auch selbst stets seine größte Hoffnung geblieben. Immerhin hat der Mensch, beziehungsweise aus dieser Spezies hervorgehende, lobenswerte Einzelfälle die bisher großartigsten Erfindungen und Entdeckungen gemacht, jedoch geschah dies stets als Nebenprodukt der Geschichte und nicht als ihr Zweck. Diese Neigung zu nebensächlicher Genialität verringerte sich leider beim Ansturm auf die Spitze der Wohlstandsgesellschaft und kleidete sich hier in ganz neue Formen von abstruser, erzwungener Andersartigkeit und scheinbarer Rebellion.

Menschen besannen sich auf sich selbst, auf neue Heilige, weise Redner oder erkannten zumindest den Irrsinn, in dem sie sich befanden und wollten somit aus all den auf Zwängen gebauten Hamsterrädern ausbrechen. Viele organisierten sich in Bewegungen, deren Leitidee Veränderung hieß. Durch die Gnade des Wohlstandes jedoch und dem allgemeinen Mangel an Lebenskampf, der alle Ebenen der Zivilisationen durchzog, konnten auch Ideen vom Umsturz florieren, obwohl diese nie ein wirksames Maximum erreichten, sondern im Großen und Ganzen eher als flüchtige Moden und Jugendkulte betrachtet wurden. Manche betrachtete man mit kurzem Interesse, andere sah man als lachhaft, wiederum andere gar als parasitär, wuchsen sie doch auf dem Boden des bestehenden Systems, das sie nie verlassen hatten. Wie konnten sie es da wagen, Änderungen vornehmen zu wollen?

Keine der Massenbewegungen gegen Ende der Zivilisation hatte jemals autark ein neues System gegrundet und das alte ersetzt. Es kursierten viele Ideen dazu, verbreitet durch das schönste Kind der Menschheit, dem Internet. Keine dieser Ideen brachte jedoch jemals mehr zustande als Menschen dazu zu bewegen, auf die Straße zu gehen und ein paar Schilder zu schwingen. Und möglicherweise ging es auch nur wenigen Menschen um wirkliche Änderungen, und vielen anderen lediglich darum, ihrer Frustration Luft zu machen.

In dieser letzten Blütephase der menschlichen Zivilisation erschien dann der Wanderer. Eine alte Legende, angeblich schon durch frühe Kulturen in die sogenannte Moderne übertragen. Ein seltener Gast, der so lange nichts von sich hören lässt, bis er gänzlich vergessen wird und man ihn so bei jedem Besuch zwangsläufig neu kennen- lernt.

Die Affinität der Menschen zur Vermessung ihrer Welt in Zahlen und ihre verzerrte Sicht auf die eigene, weite Vergangenheit trugen zu seiner Wiederentdeckung und auch zu seiner Dämonisierung bei.

Nibiru wurde er genannt, nach einem längst verschwundenen, su- merisch-babylonischen Gott. Viele Interpretationen und alte Ge- schichten deuteten seit jeher auf einen existierenden Himmelskör- per hin, dem dieser Name zugeordnet wurde. Man beruhte sich auf altertümliche Keilschrifttafeln, doch keine Theorie kam zu einem abschließenden, klaren Ergebnis oder gar Beweis für seine Existenz. Nibiru war ein mystisches Objekt für den Wandel und das Unbe- kannte. Natürlich blieb er kein Objekt der Wissenschaft, sondern hielt Einzug in die Vielfalt der Populärkultur, die aus ihm einen zer- störerischen, versteckten Planeten unseres Sonnensystems machte, der mit gemächlicher Ruhe, aber tödlicher Absicht seine unerkann- te Kreisbahn durchs Universum zog, um alsbald, zu einer von alters her prophezeiten Stunde, die dekadente Menschheit − zumindest diesen Aspekt hatte diese von sich selbst erkannt! - in Fetzen zu rei- ßen und sie mitsamt ihres ausgebeuteten Unglücksplaneten Erde in die verdiente Vergessenheit zu schleudern.

Die Untergangsjünger vibrierten, als das Datum des 21.12.2012 nä- her schlich, das man sich aus Deutungen des Maya-Kalenders und Projektionen in die diffusen Aussagen diverser Weisheits-Ikonen zu- sammengebastelt hatte. Da den meisten Anhängern dieser Theori- en die eigene Nichtexistenz durch Auslöschung jedoch ein Dorn im Auge war, kamen viele zu dem Entschluss, es müsse sich nicht zwingend um eine Vernichtung der Erde handeln, sondern eher um ihr Aufstieg wahlweise auf eine höhere kosmische „Schwingungsebene" oder in eine andere „Dimension". Eine Art moderner Paradiesglaube, der von der heutigen Perspektive aus betrachtet, den Nagel zwar durchaus am Kopf streifte, aber ihn weder traf, noch versenken konnte.

Was passierte am besagten Datum? Natürlich nichts. Zu keinem Zeitpunkt eines prophezeiten Weltuntergangs war je etwas in dieser Richtung passiert. Und die Menschheit hatte sich im Laufe der Zeit eine durchaus eindrucksvolle Sammlung von nicht eingetroffenen Weltuntergängen zugelegt. Der 21.12.2012 verstrich, und seine Faszination verschwand in den Mühlen des menschlichen Alltags – bis eines Tages tatsächlich ein neu entdeckter Himmelskörper von sich hören ließ.
War es der verspätete Nibiru? Die Frage sollte nicht mehr gestellt werden. Entscheidend war, dass die Neigung der Menschen zu voreiliger, emotionaler Reaktion das Ende ihrer Zivilisation besiegelte.

Erst waren Gerüchte im Umlauf. Hobbyastronomen wollten ein seltsames Objekt gesehen haben. Die Gerüchte mehrten sich, und erste Bilder waren schnell über das Internet verbreitet. Die NASA machte kein Geheimnis daraus. Es gebe dieses neue Objekt, es werde gegenwärtig untersucht. Es sei von keiner Gefahr für den Planeten Erde oder die Menschheit auszugehen. Dies war die öffentliche Darstellung des Phänomens.

Unter der Oberfläche jedoch begann es zu brodeln. Die wichtigste und von der Öffentlichkeit am meisten repetierte Frage war die nach der Kollision mit der Heimat, da ein NASA-Mitarbeiter in einer anfänglichen Stellungnahme eine Frage zu diesem Thema sehr ausweichend und allgemein beantwortet hatte. Die Interpretation der Menschen tat ihr Übriges. In den sozialen Netzwerken türmten sich die verbreiteten Nachrichtenartikel gestandener Verschwörungstheoretiker zu einem neuen Allzeithoch. Erste Auswirkungen auf den globalen Finanzmärkten waren zu beobachten. Die islamische Welt beschuldigte den Westen, allen voran Amerika, durch langanhaltende Blasphemie den Zorn Gottes heraufbeschworen zu haben. Das Christentum äußerte sich nicht, doch die Gläubigen hatten ihre Bedenken. Es gab vermehrt Attentate in westlichen Großstädten. Vielerorts stiegen schnell und massiv die Überwachung und das Polizeiaufgebot. Ein großes, um sich greifendes Misstrauen war die Folge, und es entstanden flächendeckende Unruhen, die sich stellenweise zu ernsthaften Bürgerkriegen auswuchsen. Eine Verkettung unglücklicher Umstände folgte, nachdem eine selbsternannte Bürgerwehr in Mitteleuropa eine arabische Familie erst erschlug und anschließend geschmückt mit antiislamischen Parolen in der Straße aufhängte. Innerhalb einer Woche brach in Europa das Chaos aus, viele Städte wurden für unregierbar erklärt. Die Politiker forderten von den USA eine eindeutige Stellungnahme. Sie wurde angekündigt, fand aber nicht statt ohne Angabe genauer Gründe. Die NASA arbeite pausenlos an dem Phänomen, so hieß es.

Am selben Abend schoss sich ein amerikanischer Reporter vor laufender Kamera in den Kopf, nachdem er in kurzen Sätzen verlautet hatte, das Ende des Planeten sei unausweichlich, und Regierungsvertreter vieler Nationen hätten bereits Zuflucht in einem Bunker in der Antarktis bezogen. Dies reichte aus, um der menschlichen Zivilisation den letzten Stoß zu versetzen. Wenige Tage danach rissen die Ströme der TV-Sender endgültig ab und erstarben in statischem Rauschen. Auf den Straßen weltweit zeigte sich ein Bild der Verwüstung. Innerhalb von kurzer Zeit waren die Geschäfte geplündert und die Straßen gepflastert mit Leichen. Gruppen machten Jagd auf andere Gruppen oder auch auf jeden, den sie finden konnten. Man hatte Angst um alles, was einem noch blieb.

Später gab es auch Bombenabwürfe, niemand konnte mehr sagen von wem oder warum. Sie zerstörten weitgehend Industrie und Infrastruktur. Sogar von Atomwaffen redeten einige, aber da es keine globale Vernetzung mehr gibt, werden diese Geschichten für uns so schnell nicht nachvollzogen und geprüft werden können.

Dies alles ist gewiss nicht die Wahrheit. Es ist das, was wir über den großen Umbruch zusammentragen konnten. Die wichtigen Gemeinsamkeiten aus den Erzählungen, abseits vom Schicksal der Einzelnen. Tod, Zerstörung und ein riesiger Planet, am Himmel, größer als der Mond, der sich über den Zeitraum von einem Monat friedlich an der Erde vorbei bewegte ohne sich an ihr zu stören oder sie groß zu beeinflussen. Er zerstörte nichts, wir zerstörten alles. Warum auch immer.

Wenn es nicht Nibiru war, so wurde er es durch dieses Ereignis. Er markierte den Wendepunkt von allem, woran die Menschheit je geglaubt hatte. Ich weiß, dass die Pyramide mit dieser Geschichte, wie wir uns an sie erinnern, nicht ganz einverstanden ist. Sie lockt mich des Nachts mit Geheimnissen. Sie lädt mich ein. Ich weiß nicht, ob ich dem folgen will. Die Trägheit meiner Gewohnheiten und meiner Verpflichtungen halten mich fest.

Was haben die Menschen über sie erzählt?
Eine der letzten ausgestrahlten Nachrichten soll das Auftauchen einer schwarzen Pyramide aus reinem Diamant gemeldet haben. Niemand konnte sich das erklären. Die Welt versinkt im Chaos, eine Pyramide taucht auf, dann ein Planet, und im Anschluss gibt es keine menschliche Welt mehr. Eine seltsame Geschichte. Aber sie passierte, und das Ergebnis war, dass die Leute sich wieder vor Hexerei fürchteten. Hexerei und globale Machteliten, welche durch geheime Fäden dafür sorgen, dass der Durchschnittsmensch einen langweiligen Alltag hat, aus dem er anschließend gewaltsam gerissen wird. Hexerei und Machteliten. Und irgendwie ist beides dasselbe.

Bald war die Pyramide, die nur wenige im Fernsehen wirklich gesehen haben wollen, das Sinnbild für die Wahrheit sämtlicher jemals in Betracht gezogener Verschwörungen. Alles sei seit langer Zeit von

„oben" geplant gewesen. Das große Aussterben wurde zur Opfergabe, für Gott, den Teufel oder auch für die Außerirdischen. Was sich nicht leugnen ließ, war, dass ein neues Zeitalter begonnen hatte. Und die neuen Mythen würden so phantastisch werden wie die alten.

Pyramide aus schwarzem Diamant, ich weiß nicht, ob das stimmt. Sie scheint wie aus einem Stück gefertigt zu sein, nirgendwo war eine Spalte im makellos glatten Gestein, es schien nicht einmal einen Eingang zu geben. Kommt schwarzer Diamant in solchen Mengen überhaupt auf der Erde vor? Sind wir in der Lage, es so fein in eine solch riesenhafte Struktur zu verarbeiten?
Diese Fragen werden wir nicht beantworten können. Wir haben weder das Wissen, noch das Forschungsmaterial.

Das violette Schimmern, das wir erst für eine Reflexion des Gebirgsgesteins hielten, scheint jedoch häufiger beobachtbar, wenn man sich zur Mitte des Tales hin, sprich, auf die Pyramide zu bewegt. Auch durchzieht einen hier manchmal ein sanftes Vibrieren, das vom Rückenmark bis zu den Fingerspitzen und wieder zurück wandert. Wie ein sanfter, energetischer Schauer, der einen ereilt. Ich merke es, die anderen merken es nicht. Die Pyramide und ich sind wie alte Verbündete. Sie sorgt auf unsichtbaren Wegen für uns, spendet uns Nahrung und Träume.

Des Nachts fühle ich mich immer häufiger wie aus der Welt und mir selbst entrückt. Ich wandere durch lange Gänge, ziehe kreisförmige Bahnen, beseelt von dem Trieb, eine Art Heiligtum im Innersten zu erreichen. Begleitet werde ich von spürbaren Präsenzen, unsichtbaren Gefährten, die sich mir in ihrer Natur nicht offenbaren wollen, aber mir angenehme Gedanken und Gefühle vermitteln. Ich weiß, dass ich das Innerste bald erreicht haben werde. Es ist gut zu wissen, dabei nicht allein zu sein.

Unsere Kinder scheinen sich außergewöhnlich schnell zu entwickeln. Auch die Älteren erwecken einen vitaleren Eindruck als in der ersten Zeit nach unserer Ankunft im Tal. Das Credo unserer Anfänge, *Wir sind keine Menschen mehr,* fühlt sich in der Erinnerung an wie ein Wunsch mit starker Gewissheit. Wie ein Versprechen. Lang haben wir diese Worte nicht mehr ausgesprochen. Es bestand keine Notwenigkeit, denn Menschen gibt es nicht mehr. Hier, am Ende unserer Reise hat sich das Versprechen nun erfüllt – und keiner kann es sehen, nur ich. Und ich lächle.

Ich habe jetzt zwei Leben. Eines bei Tag und eines bei Nacht, und ich kann nicht mehr unterscheiden, welches von beiden wirklicher ist als das andere. Welten kommen und gehen. Man kann keine Welt ein zweites Mal betreten, und jede ist ein Echo der anderen.

Es ist schwer, dies zu schreiben, denn für sie, meine Kameraden, werde ich sterben, wenn ich mich entscheide, nicht in ihre Welt zurückzukehren und das tut mir für sie leid. Die Sehnsucht jedoch treibt mich vorwärts und ich weiß, dass die Saat dazu auch in ihnen ruht, denn sie hat uns bis hierher geführt, in dieses verheißungsvolle Tal. Die Pyramide sorgt für sie, auch wenn sie es noch nicht erkennen. Für jeden von ihnen kommt die Zeit, sie werden es wissen und darüber schweigen.

Meine unsichtbaren Gefährten sind jetzt immer da und bewachen mich. Uralte Geister, die viele Namen in den unterschiedlichsten Geschichten haben. Sie werden mich ins Innerste begleiten und mir helfen, mein Larvendasein zu beenden.

Trauert nicht um mich, träumt etwas anderes. Nibiru steht als Posten am Wendepunkt. Die Bahn der Sterne des Himmels soll unverändert gehalten werden.

Der Atem des Drachen

- ein Wintermärchen nur für Satanisten -

„Die Uhr schlägt nie die richtige Stunde. Man muss einfach durch sie hindurchgehen."

aus 'Das letzte Einhorn'

Die Welt dreht sich mal schnell und mal langsam. Wenn sie sich schneller dreht, können an ihren Außenseiten Verbrennungen entstehen.

Die Welt brennt, die Veränderung ist allgegenwärtig. Im Westen und im Osten brennt die alte Ordnung. Es ist der Vorabend zu etwas Neuem. Etwas, das – ob gut oder schlecht – wie das Wetter umarmt gehört.

Die ganze Welt hat das Neue noch nicht verstanden. Es sind nur wenige, die so etwas verstehen, und erst danach wächst der Rest mühsam, manchmal unter Schmerzen, in das Neue hinein.
So wie Gott tot ist, ist auch der Teufel tot. Die Vampire haben ihn umgebracht, seine Spiegel zerbrochen und ihm die Teufelsmaske von der Fratze gerissen.

Jede Medaille hat drei Seiten. Gott ist tot und auch der Teufel ist tot. Beide wurden vom Menschen bis ins letzte Detail zerlebt. So lange, bis die Menschen das Konzept hinter „Gott" und „Teufel" verstehen konnten. Die dritte Seite, die Quintessenz, ist das Resultat dieser Transformation.

[Eingeschobene, geschehene Raumzeit von beliebiger Distanz]

Lang lebe der oktarinfarbene Drache! Er erstand aus dem Blut sich um sich selbst bemühender Menschen, sein Königreich ist das Deine, und sein Atem ist das Leben selbst!

Die Geburt des Drachen brachte Opfer mit sich. Mancher Spiegel zerbrach an gleißender Reflexion. Manch einer schaute zu tief in die Spiegel und verlor sich darin. So wurde ein roter Stern zu einem braunen Zwerg, verglühte rasch an hitziger Energie und ward fortan nicht mehr gesehen.

Die Schlange der Selbstbetrachtung biss sich zu feste in den Schwanz, welcher an der Wucht und der präzisen Genauigkeit ihres Kiefer zerbrach. Wie soll sie nun ohne Schwanz auf Beutefang gehen? Sie glaubt, ihr Schwanz wüchse von allein wieder nach, doch sie irrt sich. Der Lärm der Hölle, das Geburtszeichen des Drachen, trieb sie fort, ins Nirgendwo. Wenn sie sich beizeiten noch irgendjemandem zeigen sollte, wird sie keine große Beachtung finden, denn sie hat auch ihre Schönheit verloren und ist keine Wohltat mehr für ein kritisches Auge. Alle fragen sich, warum sie diesen Schritt gegangen ist. Eine mögliche Antwort mag sein, dass sie ein Talent zu präzisen Bissen hat.

Tief im Westen aber arbeitet der Mechaniker an seiner Weltenwandlermaschine. Seine Absichten wirken sich global aus. Pharao Cheops' leibhaftige Zeitmaschine wird durch die Präzision und Absicht des Mechanikers übertrumpft werden. Er ist der Alte vom Wandernden Berge. Was geschieht, schreibt er auf, und was er aufschreibt, geschieht.

Das alte Kamel, von des Teufels Zerrspiegel-Kabinett fasziniert, wollte einst lieber ein Löwe sein, da die Attribute des Raubtieres es mehr anzogen als die Attribute des Wiederkäuers. Also bastelte es sich aus den Materialien des Alltags eine Löwenmaske, welche es fortan trug, bis es tatsächlich mit der Maske des Löwen verschmolzen und in Wort und Tat mit einem Löwen identisch geworden war.

„Geworden war! Geworden war!", schimpften die zerrupften, mit Gold behängten Papageien im Spiegelkabinett, husteten Blut an des Teufels Zerrspiegel und keiften eifrig um die Wette: „Suum cuique! Suum cuique! Löwen werden geboren, nicht gemacht!

Als der Löwe, durch das laute Geschrei der Papageien verschreckt, hin und her blickte, erkannte er, dass er sich in einer riesigen Voliere befand. In Gestalt des Löwen könnte er diesem grausamen, lauten Ort nicht entfliehen, denn durch seine Größe passte er schlicht nicht durch die Gitterstäbe. Er musste sich wiederum in etwas Neues verwandeln und diesmal ohne Material und Zeit für eine neue Maskerade.

Er ahnte, was ihm bleiben würde. Ein Kamel, welches in eine Löwenmaske hineinwächst, wird nicht mehr dasselbe Kamel sein, wenn man ihm diese Löwenmaske wieder entreißt. Was übrig bleibt, wenn man das Kostüm entfernt und das darunter liegende Wesen freilegt, ist die durch die Maskenerfahrung gefilterte Essenz. Eine ganz gute Annäherung an das, was man ist.

Der Löwe brüllte kurz eine Welle aufkeimenden Raubtierzornes und brachte somit die Papageien zu einem erstaunten Verstummen.
Dann riss er sich die Löwenmaske vom Gesicht. Das hervorquellende Blut und der Schmerz waren ihm egal. Als er nach diesem Akt in den nächstgelegenen Zerrspiegel sah, erblickte er ein in die Länge und in die Breite gezogenes, riesiges Kind. Dieses Kind, welches einst sowohl Kamel als auch Löwe gewesen war, realisierte seine tatsächliche Größe und entfloh durch die Gitterstäbe der großen Voliere mit Hilfe seiner jetzt erst erkannten, ewigen Kleinheit, welche man gegenüber dem großen Okkulten ewiglich beibehält.

Die Papageien aber begannen nun, wild durcheinander zu fliegen. Sie schrien weiterhin „Suum cuique!" und andere Parolen wie „Deine Federn sind gefärbt!" und „Quod erat demonstrandum!"

Sie bekämpften sich gegenseitig bis aufs Blut. Das Resultat des Ganzen wurde jedoch lediglich „Morituri te salutant", und übrig blieb nur ein großer Haufen unnutzbarer Federn.

Der Teufel aber, der diese Geschehnisse aus der nahen Distanz verfolgt hatte, wartete lange ab und ging erst dann auf die vertrackte Szenerie zu, als diese sich von der Lautstärke her beruhigt hatte. Er selbst hatte in der Vergangenheit bestimmte Erfahrungen gemacht, war in seiner Jugend sowohl laut als auch rebellisch gewesen. Letztlich aber hatte er doch gelernt, in einer Unterredung mit „Gleichgesinnten" die leisen Stimmen zu schätzen. Er vereinte die Kamelsgeduld und den Löwenwut und somit war es ihm möglich, auch die dummen Zeitgenossen ausreden zu lassen, da er wusste, dass sein finales Argument sie letztlich sowieso übertrumpfen würde.

Alle Papageien waren tot, und die Zerrspiegel waren verschmutzt mit ihrem Blut und Kot. „Ihr armen, dummen Kreaturen", dachte der Teufel bei sich und nahm einen der toten Papageien in die Hand, um ihn näher betrachten zu können. „Eure Absichten waren edel, aber in eurer konkreten Ausdrucksform wart ihr nicht wirklich besser als die Menschen."

Der Teufel wusste, dass die Welt sich verändert. Er wusste auch, dass man, will man in einer sich stetig verändernden Welt mithalten, sich selbst verändern musste. Das Werden, oder besser gesagt *Ins Dasein gelangen* darf kein Tabu sein, oder man stirbt, dachte er sich. Er hatte noch viele Wünsche und wollte noch viele Dinge in seinem Leben sehen. Seit langen Jahrhunderten sehnte er sich zum Beispiel nach der lang vermissten Abendsonne Ägyptens.

Dann begann plötzlich der Höllenlärm.

Erst leise und kaum zu bemerken, entwickelte sich ein Rauschen, wie wenn man das Radio auf einen nicht belegten Frequenzbereich einschaltet. Der Teufel wusste, dies sind die Vampire, denn diese haben die Gabe, sich durch den Äther zu bewegen und direkt das hauseigene Radio eines Individuums, das Gehirn, anzuzapfen. Er würde sich nicht dagegen wehren, er war sich sicher, diese Herausforderung zu bestehen. Denn die Vampire töten nicht, sie verwandeln einen in etwas Besseres.

Immer lauter und lauter pflanzte sich das Rauschen fort. Das Summen in seinem Kopf wurde unerträglich, aber er nahm sich vor, es bis zum Ende auszuhalten.
Dann schließlich gab es in seinem Empfinden erst ein maues Gefühl und dann eine Art stummen Knall, und der Lärm war letztlich vorbei.
Der Teufel bemerkte nun mit großer Überraschung, dass er genau vor sich selbst stand. In irgendeiner Weise stand er außerhalb seines eigenen Körpers, und dieser Körper kniete vor seinen Augen direkt vor ihm am Boden.

In diesem Moment, im Angesicht seiner selbst, wurde ihm gewahr, dass er, der Teufel, eine scheußliche Maske im Gesicht trug, die offenbar einmal dazu gedient hatte, Angst und Schrecken zu verbreiten. Aber die Zeiten, in denen dies einen Nutzen gehabt hätte, waren schon seit mehreren Jahrzehnten vorbei, und deswegen empfand er diese Maskerade nun als einen ihn entstellenden und überflüssigen Malus.
Es wird wohl Zeit, diesen Schleier zu lüften und zu sehen, was sich dahinter verbirgt, dachte er sich.

Im Hintergrund beobachtete ihn der Herr der Wüste und lächelte.
Der Teufel zögerte nur kurz. Dann gab es einen lauten Knall, und ungesehene Bäume fielen um in allen Wäldern im gesamten Kosmos, ein Ereignis, das danach vom sogenannten Jedermann zu allen Zeiten verleugnet werden sollte.

[Eingeschobene, geschehene Raumzeit von beliebiger Distanz]

Ich lache, wenn Austin Spare lacht. Wenn wir beide im gleichen Maße lachen, dann vibriert der Platz, auf dem wir stehen. Eine Art okkultes Erdbeben. Die Katzen, die uns überlebten, verstehen mit einem Male das Konzept menschlicher Taten. Mit Tränen der Verachtung wenden sie sich von ihren menschlichen Herren ab und schnurren fortan nur noch im Schoße der Vampire.

Lang lebe das neue Fleisch!

Uwe Siebert
Totenflüsterer
Roman

Pandämonium Verlag
ISBN: 978-3944893013
190 Seiten, Paperback
Preis € 12,90

Schon bald hat Larkyen das Inselreich Kyaslan in den Weiten des Ur-Ozeans erreicht. Um ihm und seiner schwangeren Gefährtin Patryous eine sichere Ankunft auf dem Eiland zu gewährleisten, versucht der Imperator, alles Unheil von ihnen fernzuhalten. Dennoch droht eine nicht zu unterschätzende Gefahr: Der Totenflüsterer, ein uraltes Wesen aus dem Zeitalter der ersten schwarzen Sonne, hat sein Augenmerk auf Larkyen gerichtet und erweckt den Kriegsgott Nordar. Doch der Kriegsgott des hohen Nordens ist mächtiger als jemals zuvor und hat die Niederlage, die ihm Larkyen einst in Kanochien beigebracht hat, keinesfalls vergessen. Inmitten der Sandwüsten des kriegsgeplagten Landes Zhymara treffen die erbitterten Rivalen ein weiteres Mal aufeinander.

Oliver Fehn
Das Wolkenhotel

Pandämonium Verlag
ISBN: 978-3944893037
172 Seiten, Paperback
Preis € 12,90

In dem aufwühlend erzählten Roman "Das Wolkenhotel" schildert Oliver Fehn die Odyssee der beiden Teenager Sparrow und Wolfi in das verruchte „Wolkenhotel", einen in den Wäldern versteckten Umschlagplatz für die unheilvolle Droge Cloud 13, die Menschen in eine Welt versetzt, in der sie alles wiederfinden können, was sie je verloren haben.
Unter dem Einfluss von Cloud 13 trifft Sparrow seine geliebte Mutter wieder, die sich selbst das Leben nahm. Zu spät erkennt er, dass der Flug auf Wolke dreizehn auch der Weg ins nackte Grauen ist.

Mark Twain
Der geheimnisvolle Fremde
Roman
(Übersetzung von Oliver Fehn)

Pandämonium Verlag
ISBN: 978-3-9813482-5-5
156 Seiten, Paperback
Preis € 16,90

Österreich im Mittelalter: In Esels-dorf taucht eines Tages ein fremder Junge auf, der über geheimnisvolle Kräfte verfügt. Er gibt sich den Jugendlichen des Dorfes als ein Neffe Satans zu erkennen, und mit seiner Ankunft häufen sich seltsame Ereignisse. Doch was er dem jungen Theodor, der zu seinem besten Freund wird, über die Welt und den Sinn des Lebens zu berichten hat, ist voller Tiefe und Weisheit.

Tobias Könemann
AUS TOD WIRD HEIMAT
Bildband / Farbdruck / A4

Pandämonium Verlag
ISBN: 978-3-944893-02-0
76 Seiten, Hochglanzfarbdruck
Preis € 29,95

„Aus Tod wird Heimat" ist eine Sammlung von Gemälden und Fotografien des Mainzer Künstlers Tobias Könemann. Ergänzt durch seine philosophischen Texte ergibt sich ein faszinierender Querschnitt durch ein Schaffenswerk, das ir-gendwo zwischen Himmel und Hölle angesiedelt ist.

Uwe Siebert
Hart Island Horror
Roman

Pandämonium Verlag
ISBN: 978-3944893051
144 Seiten, Paperback
Preis € 9,95

Nach seinem Abschluss von der Highschool führt Kevin Baker nur noch ein bescheidenes Leben. Damals beendete eine Knieverletzung seine Footballkarriere, seine große Liebe Stacey verließ ihn und heiratete einen anderen Mann.
Auf sich allein gestellt lebt Kevin in der Bronx und versucht, sich mit einem Job als Nachtwächter im städtischen Krankenhaus über Wasser zu halten. Eines Nachts vergeht er sich in der Leichenhalle an einer toten Frau. Dadurch beschwört er einen Albtraum herauf, der nicht nur ihn selbst, sondern auch seine große Liebe in tödliche Gefahr bringt. Denn niemand anderes als der Teufel persönlich hat es auf Kevin abgesehen und spielt sein perfides Spiel mit ihm.

Gerd Frey
Tödliche Aussichten
Erzählungen

Pandämonium Verlag
ISBN: 978-3944893082
304 Seiten
Preis € 14,90

Phantastische Kurzgeschichten von Fantasy und Horror über Science Fiction bis hin zu skurrilen Begebenheiten.
Der größte Teil der zumeist düster gehaltenen Kurzgeschichten wirft einen kritischen Blick auf unsere heutige Gesellschaft.